Meistä ihmisistä

Tarinoita

Harjulan kansalaisopisto

Tarinat talteen – proosakurssi
vv. 2019 – 2020

Kustantaja: BoD – Books on Demand, Helsinki, Suomi
Valmistaja: BoD – Books on Demand, Norderstedt, Saksa
Taitto: Markus Korri

ISBN: 978-952-802-217-6

SISÄLLYS

Lukijalle

MEISTÄ IHMISISTÄ - antologian kirjoitukset ovat syntyneet Harjulan kansalaisopiston Tarinat talteen proosaryhmässä lukuvuonna 2019 – 2020.
Ryhmä on kokoontunut kerran viikossa tiistaisin kolmen oppitunnin ajan. Ryhmäläiset ovat olleet eri-ikäisiä ja erilaisessa elämänvaiheessa olevia harrastajakirjoittajia.. Osa ryhmäläisistä on kirjoittanut jo useita vuosia, osa on ollut vasta-alkajia. Kaikki ovat kuitenkin olleet yhtä tervetulleita ja antaneet oman merkittävän panoksensa ryhmään.

Joka viikko on kirjoittajilla ollut uusi aihe, josta kotona on kirjoitettu. Tarinat on jaettu muille ryhmäläisille etukäteen luettavaksi. Suuri merkitys ohjaajan antaman palautteen lisäksi on tunnilla käyty keskustelu, ryhmäläisiltä tullut kannustus ja ns. vertaispalaute. Oma teksti on luettu tunnilla ääneen ja se on lisännyt kirjoitetun tekstin merkittävyyttä. Näin kirjoittaja tulee sekä nähdyksi että kuulluksi. Ryhmäläiset ovat osallistuneet ryhmän toimintaan hyvin aktiivisesti, jonka tämä antologiakin osoittaa.

Antologian tekstit on jokainen kirjoittaja valinnut itse kirjoittamistaan teksteistä.
Tämän kokoelman tekstit ovat pääsääntöisesti fiktiivisiä. Meillä jokaisella on omat tarinamme ja jokainen kirjoittaja kirjoittaa tekstiinsä aina myös jotain itsestään, omista kokemuksistaan ja elinpiiristään.

Toivomme, että innostuksemme ja kokemuksemme välittyvät myös tämän antologian lukijalle. Piirroskuvitus on kuvataiteilija, kirjoitusryhmäläinen Reetta Nurmen käsialaa.

"Minä uskon, että jokainen päivä on kertomus."
-Eeva Kilpi

Keväällä 2020

Arja Metso
ryhmän ohjaaja
sanataideohjaaja

KIRJOITTAJAT:
Etola, Arja
Honkanen, Maila
Jokinen, Eila
Kallio, Sinikka
Korri, Tapio
Lasila, Mirja
Lukkarinen, Timo
Metso, Arja
Nurmi, Reett
Orpana, Eija
Sipponen, Janne
Varpila, Hannele

Kaikkien yhteinen Irja ja muita ihmisiä

Irja

Timo Lukkarinen

Olin saanut kutsun rippijuhliin ja sopinut, että ajan suoraan tuomiokirkkoon kun konfirmaatiojumalanpalvelus alkaa. Illalla ajelisin vielä takaisin kotiin vaikka juhlissa menisi myöhäänkin. Lähdin Mikkelistä jo aikaisin aamulla sillä olin sopinut tapaamisen Puijolle ennen kirkkoon menoa. Minua vähän askarrutti se tapaaminen ja halusin varata aikaa riittävästi, että ehtisin ajoissa kirkkoon jos tulisi jotain ylimääräistä hämminkiä. En ollut tavannut Irjaa yli neljäänkymmeneen vuoteen, vaikka aikoinaan kun harjoittelimme Kuopiossa judoseuran tatamilla, olimme olleet hyvinkin läheisiä. Minä olin silloin ylioppilaskeväänä hakenut monta opiskelupaikkaa ja vain kauppaopistoon minut hyväksyttiin. Jotain kehittävää harrastaakseni ilmoittauduin syksyllä judon alkeiskurssille.

Kerran harjoituksissa, uppouduin Irjan ruskeisiin silmiin niin, että opettaja tuli vaivihkaa huomauttamaan, että kyseessä on kamppailulaji eikä tatami ole tarkoitettu seurusteluun. "Halailkaa sitten kotimatkalla, nyt treenataan." Minua nolotti niin, että meinasin lopettaa koko kurssin siihen, mutta Irja nauroi vielä Kirkkopuistossakin minua halatessaan ja sanoi, että tehdään nyt kaikki harjoitukset niin kuin sensei käski.

Keväällä vuoden alkeiskurssin ja vyökokeiden jälkeen kummankin judogi sidottiin keltaisella vyöllä. Minä sain kesätöitä rautakaupan varastolta ja Irjalla oli vakituinen työ apteekissa teknisenä apulaisena. Kesän kypsyessä elokuuksi minulta loppuivat työt ja muutenkin alko tuntua, ettei tulevaisuuteni ole kaupan alalla. Irja viihtyi apteekissa ja laskeskeli, että asuminen tulisi halvemmaksi jos muutettaisiin yhteen. Minä en ollut valmis sitoutumaan. Epävarmana kyselin, että onkohan meillä niin paljon yhteistä, että sille pohjalle voi ruveta tulevaisuutta rakentamaan.

Kysymykseni oli typerä ja yritin sitä hätäisesti perua kun näin Irjan kimpaantuneen ilmeen. Hän ehti esittää monta vihaista vastakysymystä, enkä keksinyt ainuttakaan tyydyttävää vastausta ennen kuin ruskeisiin silmiin tulvivat kyyneleet ja keskustelumme päättyi Irjan vihaiseen tiuskaisuun, että painu sitten helvettiin. Sanavarastostani ei löytynyt sellaista anteeksipyyntöä, joka olisi loukkaantuneen naisen lepyttänyt ja painuin ulos. En nyt ihan helvettiin saakka vaikka siltä elämä alkoi vähitellen tuntua kun en saanut Irjaa vastaamaan puheluihini eikä hän suostunut avaamaan asuntonsa ovea kun tiesi minun olevan sen takana.

Minäkin koetin olla vihainen ja ajatella, että hyvä on antaa olla sitten kun ei kerran pystytä keskustelemaan aikuisten tavalla. Mutta iltaisin ohjautuivat askeleeni tuomiokirkon ohi puistoon ja katselin näkyykö siitä tutusta ikkunasta valoa. Mietin, että onkohan ikkunan takana Irjan lisäksi joku muukin. Kävelin pubin kautta kotiin ja olut sai askeleeni entistä raskaammiksi.

Sitten vastoin kaikkia odotuksiani minut hyväksyttiin opiskelemaan historiaa Turun yliopistoon ja elämäni sai vakaamman suunnan. Valmistuttuani tein töitä historian ja äidinkielen opettajana Mikkelin lukiossa, viimeiset parikymmentä vuotta rehtorina kunnes jäin eläkkeelle. Avioliitto, asuntovelka ja kolme lasta haalistivat Irjan kuvan mielessäni nuoruuden muistoksi. Niinpä olin kovin hämmentynyt kun sain kerran Facebookissa yksityisviestin, jossa joku Irja Mikkola kysyi, että olenko minä se sama Juha Suntio, jonka kanssa hän treenasi judoa ja halaili Kuopion kirkkopuistossa. Hänen sukunimensä oli silloin ollut Saarinen. Mitä minulle kuuluu ja voitaisiinko kirjoitella ihan vaan vanhoina ystävinä.
Siitä sitten vähitellen sukeutui kirjeenvaihto, jonka myötä tutustuin uudelleen Irjaan. Hän kertoi tavanneensa jo Kuopion apteekin aikoina jonkun itseään muutaman vuoden vanhemman Matin.

Heidät oli vihitty tuomiokirkossa adventin aattona. Sitten syntyi tyttö ja jokunen vuosi myöhemmin toinen. Kuopio jäi taakse kun Matin työpaikan myötä tuli muutto Helsinkiin. Irja aloitti iltalukio opintojen jälkeen yliopistossa. Minulle ei oikein koskaan selvinnyt millä alalla Matti työskenteli, enkä minä sitä sen enempää kysellyt. Irja oli tehnyt pitkän uran farmaseuttina. Joitakin vuosi a ennen Matin eläkkeelle jäämistä heille oli tullut avioero.

Siitä luettuani teki mieleni ensin kysyä, että käskitkö Matinkin painua helvettiin, mutta en halunnut rikkoa uutta ystävyyttämme. Muistin, että Irja kimpaantui helposti ja leppyi hitaasti ja halusi mielellään saada viimeisen sanan. Tatamillakin hän harjoitusotteluissa oli aina tosissaan. Olimme suurin piirtein yhtä pitkät mutta minä olisin painavampana otellut kilpailussa sarjaa ylempänä kuin Irja. Minun judoharrastukseni loppui kun lähdin Kuopiosta. Irjalla oli ollut jo kauan musta vyö. Judosta oli tullut hänelle elämäntapa ja vastapaino farmaseutin työlle. Ei hän enää aktiivisesti harjoitellut, mutta oli mukana judoseuran hallinnossa ja joskus junioreiden otteluissa tuomarina.

Eronsa jälkeen Irja oli muuttanut takaisin Kuopioon. Hän oli osa-aikaeläkkeellä ja sanoi tekevänsä töitä vain mielenvirkistykseksi. Hänen vanhempi tyttärensä työskenteli keskussairaalassa lääkärinä ja nuorempi oli häipynyt Brysseliin. Irjan vanhempien maatila Maaningalla oli nyt kesämökkinä. Metsät ja pellot oli myyty, vain muutaman hehtaarin tontti järven rannassa oli perunamaana. Lapsenlapsista Irja haaveili ja sanoi lopettavansa osa-aikaisetkin työnsä sinä päivänä kun saa tiedon, että pikkuisia on tulossa. Ainut huoli oli, että Kuopiossa asuva tytär alkoi olla jo iäkäs ensisynnyttäjäksi.

Kun tulin maininneeksi, että suunnittelin matkaa Kuopioon, kysyi Irja, että haluaisinko tavata ja minä olin heti valmis. Että en vaikuttaisi turhan innokkaalta, selittelin, että en ole käynyt pitkään aikaan Puijolla ja, että ainahan siellä voisi nähdä yllättäen yhteisiä tuttujakin. Netistä etsimieni kuvien perusteella Irjan tumma tukka oli täysin harmaantunut, mutta jakaus oli edelleen keskellä päätä. Ikä oli tuonut enemmän naurun ryppyjä silmäkulmiin kuin juonteita suupieliin. Kun parkkipaikalla nousin autosta tunnistin heti ripeän askelluksen kun Irja käveli pihan poikki.

Mukava tapaaminen siitä tuli. Hieman epävarman ja kömpelön halauksen jälkeen pääsimme muistelemaan menneitä. Erossa olomme vuosikymmenet olivat kuluttaneet pois ikävät tunteet ja pa asimme entisten aikojen yhdessäolon tapaan. Minä yritin olla hauska, ja saada Irjan nauramaan. Kun satuin onnistumaan, minuakin alkoi naurattaa Irjan omaperäinen hihitys, jonka hän koetti saada loppumaan eikä tahtonut aina onnistua.

Kun aloin katsella kelloa matkan jatkaminen mielessäni, sanoi Irja, että sinun pitää nyt lähteä, minullekin tulee kohta noutaja. Kysäisin nokkelana, että onko se joku yhteinen tuttava, ja Irja vastasi kuin ohimennen, että yhteinen kyllä mutta ei mikään tuttava. Naurahdin niin kuin vitsille, jota oletin hauskaksi, mutta en täysin ymmärtänyt.

Menimme ulos kahvilasta ja Irja saatteli minut autolleni. Halattuamme hyvästiksi hän sanoi minua olalle taputtaen, että alahan mennä ja lähti kävelemään kohti vähän matkan päähän pysäköityä autoa, josta oli noussut tummatukkainen nuorehko nainen. Etsiessäni autoni avaimia viivyttelin vielä sen verran, että kuulin naisen sanovan Irjalle, "hei äiti oliko hauskaa". Sitä en enää kuullut mitä Irja vastasi, mutta koko paluumatkan Mikkeliin mieltäni askarrutti se yhteinen mutta ei mikään.

Irja Susi-Möttönen

Tapio Korri

- Meneekö vielä kauan, kysäisi Irja ohitseen kulkevalta sairaanhoitajalta.
- Pitäisi vartin päästä vapautua, ilmoitti hoitaja rohkaiseva hymy kasvoillaan.
Irja odotteli lääkärikeskus Lasaretin aulassa ortopedi Tuulosen vastaanotolle.
Viime viikolla senioreiden avoimissa judo mittelöissä Irja oli loukannut
polvensa. Se oli jäänyt pahasti linkkuun pielaveteläisen Eevan heiton jälkeen.
Oli kuulunut kova rusahdus, eikä muuta tarvittu. Turnaus oli ohitse hänen
osaltaan. Irja tunsi ortopedi Tuulosen ja luotti hänen. Hän saisi nyt arvioida,
miten polviasiassa edetään.
Irja oli harrastanut judoa jo useamman vuoden. Kaikki lähti liikkeelle
työpaikalta, jossa kollega oli rohkaissut tulemaan mukaan. Irja
ruumiinrakenteensa puolesta sopi hyvin lajiin. Lyhyehkö pituus ja
sopusuhtainen vartalo, lyhyet tummat hiukset, pottunenä ja pyöreät
poskipäät sekä pienet siniharmaat silmät kielivät savolaisista sukujuurista.

Puoliso, Severi Möttönen oli Irjan täydellinen vastakohta. Mittaa Severillä
oli lähes 190 cm, hoikka vartalo vielä korosti pituutta. Harmaa polkkatukka ja
tuuheat kulmakarvat antoivat hänestä nuhjuisen kuvan. Severi oli kotoisin
Kajaanista. Pariskunta tapasi nuoruuden opiskelijapiireissä ja valmistumisen
loppupuolella päättivät avioitua. Severi on ollut työnsä puolesta geologina
usein matkoilla, joten Irja on viettänyt paljon aikaa yksin. Severi harrastaa
tanhuamista. Hän kuuluu kuopiolaisen tanhuseuran Pyörähtäjien
perustajajäseniin. Nyt eläkeiän koittaessa on Severillä enemmän aikaa
harrastukselleen.

Irja on suurimman osan työurastaan tehnyt kotimaisen lääketehtaan
tuote- ja kehitysyksikössä. Erityisesti uuden kipulääkkeen tuotekehitys on
ollut lupaava. Antti Tuulonen on ollut tutkimusryhmän vetäjänä ja Irja
ohjaavana tutkimusassistenttina. Irjan ja Antin välille on muodostunut paitsi
ammatillinen, myös henkilökohtainen ystävyyssuhde. Mitään vakavampaa
tilanteesta ei kuitenkaan ole kehittynyt. Antti on intohimoisesti työhönsä
suhtautuva, eikä tunne asiat saa häntä helposti valtaansa.

Niinpä eräänkin kerran he olivat analysoimassa tutkimustuloksia ilta
myöhään, näytti tilanne ulkopuolisen silmin, että heidän välillään olisi jotakin
muuta kuin ammatillista yhteyttä. Tosiasiassa he olivat niin innostuneita
tutkimuksen positiivista tuloksista, että lähes tulkoon kaulailivat toisiaan.
Mutta silloinkin oli kysymys vain työn mukanaan tuomasta hyvästä
palautteesta. Sitäpaitsi olivathan he tahoillaan naimisissa ja Irja jo eläkeiässä,
vaikka halusikin vielä vuoden pari jatkaa työelämässä.

Vastaanoton ovi aukeni ja Antti näki Irjan istumassa käytävässä. Hän
nyökkäsi tälle, pyytäen tulemaan sisälle. Vaihdettiin kuulumiset ja viimein
Antti tutki Irjan polven. Kierukka oli todennäköisesti revennyt, joka
varmistetaan vielä kuvauksella ja sovitaan aika leikkaukseen. Kaikki sujui

suunnitellun rutiinisti. Irja on aina tykännyt Antin ripeästä tavasta hoitaa asiat alta pois. Sitten Antti istuutui pöytänsä taakse ja oli hetken vaiti.

Antin vaivautunut olemus oli Irjalle uutta. Hän ei ollut ennen nähnyt Anttia sellaisena. Viimein Antti alkoi kertoilla, kuinka hänen ja vaimonsa avioliitto alkaa olla lopuillaan. Vaimo oli lopulta kertonut uudesta suhteestaan. Tämä suhde on alkanut tanhuharrastuksen merkeissä. Siellä on kuulemma ollut joku hurmaava mies, Severi nimeltään, jonka lumoissa vaimo nyt on.

Irja on pudota tuoliltaan. Miten tämä on mahdollista! Ja minä en ole tiennyt asiasta mitään. Hän ei kuitenkaan halua kertoa Antille, kuka tämä Severi on. Hän haluaa pitää salaisuuden omanaan. Mutta nyt hän toteuttaa pitkäaikaisen haaveensa ja muuttaa talveksi Portugaliin.

Irja

Janne Sipponen

Veikko oli jäänyt muutama vuosi sitten leskeksi kun rakas vaimo menehtyi syöpään kaikista hoidoista huolimatta. Kotiin hän ei halunnut jäädä menetystä murehtimaan, vaan vietti aikaa kylällä tuttavia tapailemassa. Pienestä kahvilasta hän oli saanut todellisen kantapaikan jos mitään muuta menoa ei sattunut olemaan.

Veikko oli paikallisen apteekin vakioasiakas. Hän oli jo vuosia syönyt lääkkeitä korkean kolesterolin ja verenpaineen takia. Aivan turhaa terveyshömppää ajatteli Veikko, mutta säännöllisesti pari kertaa kuukaudessa lääkärin painostamana hän kuitenkin lääkkeensä hankki. Tiskin toisella puolella palveli farmaseutti Irja.

Irja oli ollut Veikon tuttu jo monta vuotta. Tänään Veikon asioidessa apteekissa Irja hymyili ystävällisesti kuten aina ennenkin. Oliko hymy oli leveämpi kuin viime kerralla? Sitä Veikko alkoi pohtia istuessaan tavalliseen tapaansa kahvilan pöydässä. Veikon ajatukset alkoivat pyöriä Irjan ympärillä. Onko hän naimisissa, mitä harrasti, oliko lapsia? Veikolla oli jo monta yksinäistä vuotta takana. Ensimmäistä kertaa hän huomasi ajattelevansa toista ihmistä tutustuminen mielessään.

Veikko tunsi Jehovan todistajan, jolla oli tapana kulkea tapaamassa ihmisiä. Todistaja oli monen ihmisen vakiovieras, ehkä Irjankin. Todistaja kertoi, että Irmalla oli laaja ystäväpiiri. Yleensä todistaja niin kuin muutkin ihmiset olivat aina tervetulleita vieraita. Mahdollisesta kumppanista Irja ei koskaan puhunut mitään. Todistaja tiesi Irjan seurustelleen joskus nuoruudessaan, mutta enempää asiasta ei koskaan puhuttu.

Mitä Irjan elämässä oikein tapahtuu? Veikko päätti jäädä apteekin nurkille odottamaan, koska häntä kiinnosti mihin Irja suuntaa töiden jälkeen. Erään kuppilan ukon mukaan Irjalla oli joku säännöllinen harrastus. Veikko seurasi Irjaa vaivihkaa rakennukseen, jossa luki Kuopion judoseura. Mielenkiintoinen harrastus farmaseutilla!

Veikko hiipi katsomaan harjoituksia. Hän ei tiennyt judosta mitään, mutta tavalliselta elämältä se ei näyttänyt. Ihmiset potkivat ja riuhtoivat toisiaan todella rajusti. Joukossa oli Irjan lisäksi vain toinen nainen, mutta Irjaa se ei häirinnyt. Miehet saivat turpaan aivan tosissaan. Eräältä vastustajalta näytti murtuvan nenä. Harjoitusten vetäjä sai rauhoitella Irjaa, että tämä on oikeasti vain treenaamista eikä mikään tositilanne.

Veikko oli ostanut ruusukimpun, jonka oli ajatellut ojentaa Irjalle seuraavalla käynnillä apteekissa. Nyt Veikko oli kuitenkin aivan kauhuissaan. Mitä mahtaa tapahtua miehelle, joka yrittää tehdä Irjaan lähempää tuttavuutta. Veikko päätti säästää ruusut ja pitää suhteen Irjaan hymyilemisen asteella. Myöhemmin Veikko sai kuulla, että Irjalla oli ollut väkivaltainen suhde nuoruudessaan. Sen takia hän oli päättänyt kostaa kaikille tapaamilleen miehille.

Muurari

Maila Honkanen

Kulkeminen takkusi taas pahemman kerran. Kotimatka päiväkodista oli
tänään kulttuurishokin kaltainen tila. Taivaltaminen jalan oli tuskastuttavaa
resuamista ja venkoilua. Isä oli uupunut. Nonna väsynyt ja vihainen isälle. Hän
olisi aamulla halunnut jäädä kotiin äidin kanssa. Korvissa kaikui outo sana,
ujous. Hän oli kuullut sen päivällä leikin lomassa. Opettaja oli sivunnut asiaa
ujoudesta. Sana oli livahtanut Nonnan korvien vieritse lelulaatikkoon. Eikä
hän muistanut tai oikeastaan kai tiennytkään, mitä sana tarkoitti.
-Byääääääh, byää, byää. Minä ei oo ujoos? Minä ei haluu ujoos. Byäääääääh.
Ääääääääh. Minä ei oo. Byäääääh. Byäää, ääääää,ääääää. Isi oon ujoos. Isi
ooon. Minä eeeeeiiiii oooo. Byäääää, äääää, äää, ää, ää.....Minä haluu uloos.
     Isä nosti räyhäävän lapsen syliinsä ja yritti rauhoitella tätä lempein
keinoin.
-Ujous ei ole mikään huono tai paha asia. Jutellaan kotona lisää ujoudesta ja
muistakin mukavista asioista. Kannanko sinua loppumatkan?
-Ei kanna. Sinä ei kanna. Byyyyääääää,ääää. Minä haluu nukkuu. Kivellä, tossa
kivellä!
-Se ei ole mikään kivi. Se on tuon vanhan talon navetan pohja. Lehmät ovat
siinä nukkuneet kauan, kauan sitten. On siinä voinut possukin lepäillä. Ja
tuossa tammen juurella lojuu nyt Rosan kasaama tiilipino. Lepäileppä nyt
hetki siinä. Jospas tuo huutaminenkin hiukan heikkenisi.
-Minä ei lepää. Äää...ää. Minä nukkuu. Byyyyäääääh. Nukkuu. Minä haluu
nukkuu. Ää, ääääää, ä. Kivellä.
-Voit mennä ruuan jälkeen isoveljien kanssa ulos Arkille. Sinne on tulossa
muurari. Rosa kertoi minulle eilen illalla, että Arkin vanha takka korjataan
illalla. Mitäs se muurari tekikään?
-Byäääääää, ääääääää. ....Luumali?...... LUUMALI?..... Nii, muumali? Byää,
ää! ....Joo MUUMALI? Mikä luumali. Minä luumaa.......Minä haluu Alkkii........
Ääääääää....... Minä haluu luumalii.
     Lopulta isä selvisi tyttärensä kanssa onnellisesti kotiin. Sadan metrin
päähän. Äiti ja pojat olivat jo kotona valmistelemassa päivällistä. Illan suussa
äiti lähtisi sairaalaan yöksi töihin. Kotona vietettäisiin Isä- lapset- iltaa.
-Minä haluu Alkkii. Nyt heti. Minä haluu Alkkii. Alkkiii.
-Ruokailun päätyttyä voitte mennä. Rosa lupasi eilen, että saatte kantaa tiiliä
tupaan.
     Lapsitrio siirtyi täytetyin vatsoin, vikkelästi juosten Arkin tontille,
näköetäisyydelle kodista. Alle 10- vuotiaat eivät koskaan kävele. Ainahan ne
juoksevat. Vai oletko nähnyt jonkun joskus kävelevän muuten kuin aikuisen
tukevassa käsipuolessa? Siinäkin usein hyppien aikuisen tahtiin.
     Lapset tiesivät Rosasta vain etunimen. Hän oli tuttavallisesti Rosa, ei
Roosa. Peter ja Kimi olivat kuulleet puhuttavan jostain Rosa Liksasta. Eivät

kuitenkaan tienneet, mitä liksa tässä tarkoittaa. Rahasta ei ainakaan ollut kyse. Olivatkohan kuunnelleet asiaa kovinkaan tarkkaan? Rosa nousi navetan kivelle, pani rukkaset käteensä ja nosti kädet ylös. Hän esitteli itsensä Rosa Liksomiksi, joka oli opiskellut yliopistossa ja rakasti Venäjän matkailua. Puolet Rosan sanoista katosi kesätuulen mukana puiden sekaan. Lapset odottivat innoissaan itse työn alkamista, sopivan kokoiset työrukkaset käsissään.

Tiiliä ja tiilejä. Ujous vaivasi Nonnaa. Hän ei ollut ensimmäisenä tiileen tarttumassa. Katseli varovaisesti isoveljien toimia heidän takaansa. Salaa tirkistellen.
-Minä kantaa tiilejä. Minä kantaa tiilejä. Tiilejä, tiilejä....
-Nonna! Tiilet pitää kantaa tupaan ja antaa muurarille, opasti Peter pikkusiskoaan.
-Minä ei antaa muumali. Minä ei, minä ei antaa tiilejä. Minä kantaa tiilejä. Luumaa...li. Minä on luumali. Minä luumaliii!
-Minä kannan ainaki viisi tiiltä yhtaikaa, intoili Kimi. Minä olen vahva. Ainaki yhtä vahva ku mun serkku. Se on nii iso ja vahva, että kukaan ei voita sitä. Ja se on puun korkunen. Ja minusta tulee isona muurari.
-Minä on luumali. Muumali. Ei sinä. EI SINÄ. EI TULE. EI SINÄ!
      Isän väsymys oli kadonnut ja mieli rauhoittunut. Hän katseli kotinurkaltaan ylpeänä jälkikasvunsa ahkerointia tiilikasan kimpussa. Kotimatkan aikaiset kiukuttelut olivat haihtuneet. Ujous ja muut vaikeat käsitteet siirtyneet lähitulevaisuuteen. Odottelemaan selittelyjä.
      Muurari oli iloinen lasten avusta. Eipä hänen tarvinnut itse kanniskella tiilen rähjiä tupaan. Ja lasten ahkerointia oli ilo katsella. Urakan päätyttyä väsähtäneiden lasten kasvoilta paistoi tyytyväisyys ja onni heidän pistellessään suihinsa vegehampurilaisia ja imiessään päärynäisiä pillimehuja vanhan tuvan lattialla istuen. Isä lähti päivän päätteeksi hakemaan pesueensa kotiin. Varmuudeksi. Pienin ja ujoin pääsi reppuselkään. Isä- lapset- ilta pääsi jatkumaan. Joku näki yöllä unta Luumalista.

Papiksi päätetty

Eila Jokinen

Minä synnyin perheeseen, jossa seurakunnan kapea leipä oli kirjaimellisesti
läsnä vuodesta toiseen: äiti oli suntio ja isä haudankaivaja. Minua paljon
vanhempi siskokin pääsi kauppaopiston jälkeen kirkkokansliaan töihin, joten
sama palkanmaksaja heillä kaikilla.

- Mäkitilat on niin uskollinen ja luotettava perhe, sanoi kirkkovaltuuston
puheenjohtaja ja hymyili tyytyväisesti. - Hoitavat työnsä tunnollisesti. Vaan
mitenkäs se tämä pojannassikka, tuleeko sinustakin kirkon palvelija, kun
suureksi kasvat?

- Ei kun rlekkakuski, minä vastasin. - Tai rlautatieläinen. Veturliin.

- Jaa jaa, naurahti puheenjohtaja. - Se on ehkä hyväkin suunnitelma, jos ei
ärrä ala löytyä. Niissä hommissa ei tarvitse paljon puhua.

Sanoi ja meni menojaan. Minun mielestäni jouti mennäkin turhia
kyselemästä. Mutta äidin kasvojen yli kulki varjo, hän katsoi miehen menoa
vähän äkäisesti eikä sanonut minulle pitkään aikaan mitään, vaikka kovasti
innostuin kyselemään veturikoulusta ja rekka-autojen nopeuksista.

Illallispöydässä, kun lihasoppa oli syöty ja karpalokiisseli odotti
pöydänkulmalla, äiti otti minun ärräni puheeksi.

- Nyt on sillä tavalla, että Paavalin puhevika pitää korjata. Maksoi mitä
maksoi, opetukseen sen on päästävä. Tuo erilaisuus on korjattava. Minä
päätin niin, kun siivoilin sakastia ja asettelin kukkia alttarilla. Eihän se ole
mistään kotoisin, että meidän pojan tulevaisuus on yhdestä kirjaimesta kiinni.

- Mikä tulevaisuus? ihmetteli isä.

- Pappeus, hymyili äiti ja ojensi minulle karpalokiisseliä pienessä
lasikipossa. - Meidän pojasta tehdäänkin pappi.

Kun syksy tuli ja ensimmäinen kouluvuoteni alkoi, minä osasin sanoa
ärrän ihan oikein. Silloinkin, kun veistin puukolla haavan peukaloon.

- Perrrkele! minä kiljaisin, ja äiti huitaisi pyyheliinalla vihaisesti korville.

- Meillä ei kiroilla, muistakin se.

Peruskoulu sujui hienosti, kuten vanhemmat olettivatkin. Olin luokkani
primus, muita hiljaisempi, viihdyin yksikseni. Olin erilainen kuin muut
oppilaat. Lukioon siirtyminen oli läpihuutojuttu. Ja niin oli sieltä pois pääsykin.
Valkea lakki päälaella, kainalossa kiitettäviä vilisevä ylioppilastodistus.
Kirjoitusten tulosta äiti harmitteli:

- Pitikin sen matikan tippua eximiaan. Muuten meidän kylään olisi saatu
kahdeksan laudaturin ylioppilas.

Kirjoitusten jälkeen menin inttiin. Nautin siitä ilmapiiristä, kavereista,
vapaudesta. Kukaan täällä ei kysellyt tulevaisuuden suunnitelmiani. Se oli
hyvä. Sain pohtia sitä ihan itsekseni vailla turhia sivusta kyselijöitä.

Lääkäriksi? Ei. Tuomariksi? Ei, mikä minä olisin ketään tuomitsemaan ja
liikejuridiikka ei innostanut. Opettajaksi? Ei kai... Ja niin minä lopulta päädyin

hakemaan ja pääsemään teologiseen tiedekuntaan. Ei se ollut unelmissani ykkösenä, mutta ainakin kotiväki oli onnellinen iltatähtensä tekemästä valinnasta. Äiti varsinkin.

Luvut alkoivat ja sujuivat joutuisasti. Joskus tuntui, että liiankin joutuisasti. Maisterin paperit taskussa eivät vielä paljon luvanneet, jos ei ollut pappisvihkimystä .Eikä sitä saanut, ellei tullut kutsua jostain seurakunnasta papin tehtäviin. Mitä järkeä oli ollut pitää niin kiirettä luvuissa, harmittelin. Olisi pitänyt osallistua enemmän opiskelijaelämään eikä paahtaa kirjojen äärellä niin tiiviisti. Kun toukokuisena aurinkopäivänä istuin Suurkirkon portailla miettimässä tulevaisuuttani, olo oli ankea. Olin 21-vuotias teologian maisteri, kesäkuussa täyttäisin 22 vuotta. Olin tehnyt koko kuluneen lukuvuoden työtä lähiölukion uskonnon ja kirkkohistorian tuntiopettajana. Palkka katkeaisi, kun koulu viikon kuluttua päättyisi. Säännöllisen rahan tulon loppuminen harmitti.

Olin kysellyt kotiseurakunnasta, josko sieltä joku papeista oli lähdössä tunturiin huolehtimaan turistien sieluista ja haki siihen virkavapaata, mutta eipä ollut lähtijöitä tällä erää. Ei ollut virkavapaan pyytäjiä lähikunnissakaan. Olin opiskelujeni lomassa ollut välillä satamassa ahtaajana. Kovaa työtä, mutta kyllä siitä leipänsä tienasi. Päätin käydä konttorilla tiedustelemassa mahdollisuuksistani satamaan, heti huomisaamuna menisin.

Puhelin taskussa pirahti. Soittaja oli tuttu: rippipappini, joka oli valittu pienen itä-suomalaisen seurakunnan kirkkoherraksi pari vuotta sitten. Kertoi, että heillä olisi vuodeksi seurakuntapapin sijaisuus tarjolla, jos kävisi. Minullehan kävi! Vaan kun pappisvihkimystä ei ollut vielä, niin miten se? Järjestyy, vakuutti soittaja. Tämä sijaisuushan siihen antaisi mahdollisuuden. Joten sovittaisiinko?

Asia lyötiin lukkoon niiltä istumiltamme. Minä siinä Suurkirkon portailla, hän kai oman virkapöytänsä äärellä. Katselin ylös kirkon ovelle johtavaa komeaa portaikkoa. Neljäkymmentäkuusi askelmaa siinä oli. Tulevaisuuttani mietin portaina: nyt oli tehtynä nämä maisterin paperit, tuleva väliaikainen työ odotti, vihkimys, väitöskirja, ehkä jossain vaiheessa vakituinen papin virkakin. Rappusia riitti kavuttavaksi.

Kuljin opiskelija-asuntooni eduskuntatalon ohi. Siinä se seisoi jykevänä. Neljätoista pylvästä kuin sotilaat rivissä. Neljäkymmentäkuusi porrasta. Saman verran kiivettävää kuin Suurkirkkoon. Maallisen ja hengellisen vallan portaat yhtä korkeat. Siinä ei ollut erilaisuutta, toiminnassa kyllä.

Aikanaan minut sitten vihittiin papiksi. Piispan isällinen käsi pääni päällä, siunaamassa. Ihmiset kysyivät , miltä se tuntui. Teki mieli vastata, että vapauttavalta. Nyt on pätevyys, mahdollisen sopivuuden arvioi aina joku muu. En sanonut niin, se ei olisi ollut sopivaa.

Olen joskus miettinyt, olisinko ollut onnellisempi rekkakuskina tai veturimiehenä. Ainakaan ihmisten murheita ei olisi kuullut niin paljon kuin nyt. Työpaikan pysyvyyskin olisi ehkä ollut varmempaa, ei joutuisi niin usein hakemaan sijaisuuksia .Usein kysyn itseltäni. oliko tämä ura oma valintani vaiko äidin toiveen toteuttaminen. En tiedä..

Trump

Hannele Varpila

Presidentti Trump halusi suomalaisen naisen lounasseurakseen, mutta kukaan eduskunnan naisista ei suostunut. Trumpin maine ja Me too -kampanja olivat hyvin tiedossa. Tästä syystä eduskunta päätti antaa virikesetelin suomalaiselle eläkeläisnaiselle ja arvonnassa minä voitin.

Sekavin tuntein seison hienon ravintolan lounashuoneen ovella. Toisesta ovesta saapuu Trump vartijoineen, joita turvamiehiksi kutsutaan. Istuudumme ja tarjoilu alkaa.

Trump lukee paperista henkilötietojani ja välillä vilkaisee minua. Olen vaivautunut. Lopuksi hän kysyy, että olenko käynyt aikaisemmin Amerikassa ja miltä täällä vaikuttaa. Ensin pyöritän päätäni ja sitten nyökkään. Uuden hammasimplanttini keinojuuren ruuvi irtoaa, pyörii suussa. Yritän taklata sen poskipuolelle ja kiilata etuhampaiden väliin. Ei onnistu. Trump yrittää keskustella, mutta en saa vastatuksi. Teen sormillani ok ja Trump hymyilee. Otan ruuvin suustani, ojennan sen Trumpille ja mökisen jotain Meksikon vastaisen aidan rakennustarpeista. Trump kiittää ja kuvia otetaan. Trumpin solmio kelluu kastikkeessa, mutta hymy ei hyydy. Lentoemäntä ojentaa minulle paluumatkalla Washington Post – lehden. Siinä on iso otsikko: "Suomi tukee Yhdysvaltoja Meksikon vastaisen aidan rakentamisessa."

Kiitos, anteeksi ja näkemiin

Sinikka Kallio

Haluan kiittää. Haluan kiittää kaikkia teitä, joiden kanssa olen saanut jakaa nämä lukuisat matkat. Usein melko lyhyet, mutta kuitenkin. Kiitos. Elämä on mysteeri ja aina ollaan menossa jonnekin tai palaamasta jostakin. Yleensä on kiire. Kiitos , että sain olla osa näitä kokemuksia.

Kiitos erityisesti sinulle, joka olet tuonut erityistä sisältöä ja merkitystä matkalle, se on liikuttanut minua ja antanut syyn suoriutua tehtävästäni tällä maallisella vaelluksella parhaalla mahdollisella tavalla. Mieleenpainuvinta on ollut uuden elämän matkat, joskus ne ovat olleet vain parin ponnistuksen päässä ja kerran elämä vain valahti siihen. Siinä tilanteessa sinä et minua ehkä muista, mutta siunattu kiitos.

Joskus elämä on ollut vain osanen laatikossa jäiden keskellä ja olen saanut olla pienenä ketjuna matkalla kuolleesta elävään. Kiitos.

Kiitos matkoista kirkkoon syystä tai toisesta. Ne ovat olleet minullekin juhlavia hetkiä, iloa tai surua. Toki minun roolini niissäkin on ollut olla melkein näkymätön.

Erityinen kiitos myös sinulle, joka olet matkustanut kauas, siis yli sata kilometriä. Minulle päämäärä ei ole tärkeä, vaan matkan pituus.

Kiitos myös sinulle, joka vaitonaisena olet matkaa tehnyt ja olet ymmärtänyt, että tyhjästä ei ole paljon jaettavaa.

Kiitos sinulle, joka et ole kajonnut minuun. Minulla on koskemattomuuteni ja olen ollut rajoistani tarkka. Aamuyön valuneet ripsivärisi ja ympäri poskia levinneet punasi eivät ole puhutelleet minua.

Kiitos , että olet ymmärtänyt olevasi vain ihminen ihmisten virrassa. Rolex ranteessa, Vuittonin laukku tai tositeeveetähteys eivät ole ansainneet erityiskohtelua, vaikka olisit matkannutkin kauas.

Anteeksi etten ole aina jaksanut kuunnella sinua. Sinun työsi , sinun avioliittosi, sinun avioerosi, sinun alkoholismisi, sinun velkasi, sinun peliongelmasi! En halua tietää niistä. Sinä olet vastannut vaikken ole kysynyt. Elämäsi kaottisuus on ollut minulle yhdentekevää. Ymmärrä , että et ole ollut minulle tilivelvollinen mistään muusta kuin matkasta.

Anteeksi etten ole pystynyt antamaan sinulle neuvoja. Minulle on vain tämä ajokortti ja keskenjääneet opinnot. Sorry! Minä vain ajan paikasta A paikkaan B. Se on ollut hyvin yksinkertaista ja sellaista olen halunnut elämän olevan.

Anteeksi etten tunne sinua, vaikka niin monet ovat luulleet, että tunnen teidät kaikki. Moni on sanonutkin , ettenkö tiedä kuka olet?

Anteeksi , mutta ei ole ilmaisia matkoja. Ei sinulla eikä minulla. Aika kanssani maksaa muutakin kuin vaivan.

Neljäänkymmeneenyhteen vuoteen on mahtunut paljon, koko elämän kaari. Peruutuspeiliin katsoessa matka näyttää lyhyeltä, vaikka kilometrejä on taittunut paljon. On aika sanoa,- ei hyvästi vaan näkemiin. Kilometrit ovat tulleet täyteen.

Olen ollut onnellinen, että olen saanut elää manuaaliajan. Minulle vaihteiden käyttö on ollut kaikki kaikessa. Vakionopeudensäätö ei ole minua varten. Kaasu on. Bensan tuoksu on pelkkää nostalgiaa. Kaiken lataaminen – no en viitsi edes mainita.

Minulla on ammattiylpeyteni. Se on pääni sisällä oleva kartta. Mäntytie viisi tai Kaarikuja kahdeksan, kirkko , kauppa , sairaala tai posti. Minun piti tietää mihin sinä menet, ei sinun.

Olen tämän ajomatkani päässä. Kun suljen oven, se on siinä ja tiedän minkä oven lukitsen. En ole ollut renki, en työn enkä elämän. Maailma muuttukoon , minä en sen mukana.

Siis kiitos, anteeksi ja näkemiin.

Matti Ronkainen
Kerimäen taxi

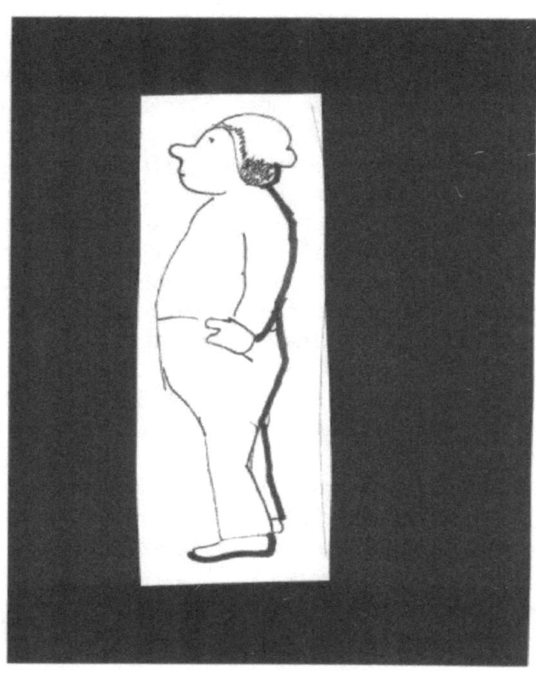

Kirjojen talvi

Arja Etola

Mummo asui Aurakadun päässä aivan alakoulun lähellä. Koulu oli Launeen ns.
väliaikainen koulu. Usein katselin koululle päin mummolan ikkunoista läksyjä
lukiessani. Mummon omisti talon ja talossa oli muutamia vuokralaisia.
Mummon oma asunto, kaksi huonetta, keittiö ja wc oli yläkerrassa.
Piharakennuksessa oli sauna. Puutarhassa oli monta omenapuuta ja paljon
marjapensaita sekä kasvimaa, josta sai monenlaista satoa.

Kun pappa kuoli, mummo tavallaan lakkasi syömästä. Ei ollut nälkä.
Arkisissa touhuissa ruoka ja ruoka-ajat unohtuivat. Mummon lapset, äitini
sisaruksineen, miettivät, miten mummo pärjäisi ikävänsä kanssa. He keksivät,
että Arjahan voisi käydä koulua Lahdessa ja asua mummolassa. Minua
opastettiin: Älä ruokaile ennen kun mummokin istuu ruokapöydässä
aterioimassa. Ollessani 17-vuotias asuin yhden lukuvuoden 1960-luvun
puolivälissä mummon kanssa. Mummo teki hyvää ruokaa – perunapiirakatkin
joka lauantaiaamu oli paistettu jo ennen heräämistäni. Herkkua!

Elimme tavallaan kahta löysiä. Mummo kävi illalla aikaisin nukkumaan,
minä taas kukuin pitkään. Usein luin sängyssä. Mummo heräsi aamulla usein
jo neljältä, kävi hakemassa päivän lehden ja jos oli tullut lunta, oli jo käynyt
lakaisemassakin.

Eteisestä pääsi huoneeseen jossa nukuin, Tuon huoneen läpi mentiin
ruokahuoneeseen, jossa   mummo nukkui ja sen huoneen takana oli keittiö.
Wc oli eteisessä. En koskaan herännyt mummon liikuskeluihin eikä mummo
valittanut minun valvomisistani.

Ruokapöydän ääressä tein läksyjäni. Siis olisi pitänyt tehdä läksyjä.
Läksykirjan tai vihon alla oli usein jokin romaani, jonka olin lainannut lähistöllä
olevasta kirjastosta. Launeen silloinen kirjasto toimi Säästöpankin talossa
toisessa kerroksessa Launeenkadun varressa. Voi, miten mukavaa olikaan
käydä siellä lukemassa lehtiä ja lainaamassa kirjoja!

Kun mummo tajusi, että luin koulukirjojen ohella muutakin, hän ohjeisti
minua: Kuulehan tyttö, ensin pitää lukea Raamattu läpi, sitten noita muita
kirjoja. Ja minähän luin!

Mummo oli myös ahkera lukija. Hän luki Reginaa ja Nyyrikkiä
sanomalehtien ohella. Kun kävin kirjastossa, raahasin aina ison kassillisen
kirjoja, osan minulle, osan mummolle. Mummolla eri ollut omaa
kirjastokorttia eikä hän halunnut kirjastoon lähteä, mutta kirjoista hän piti.
Mummolle valitsin rakkausromaaneja kuten Aino Räsäsen Helena-sarjaa,
minulle toisen tyyppisiä romaaneja, luonnosta kertovia teoksia ja nuorten
kirjoja niin kuin Rauha S. Virtasen Selja-sarjaa, Salingerin Sieppari ruispellossa
ja myös jotain oppineisuuteen vivahtavaa.

Seurustelin näet Helsingissä opiskelevan teologian ylioppilaan kanssa.

Hän kertoi kirjoista, joita oli lukenut ja minä tietysti etsin kirjastosta
muutamia samoja teoksia, jotta pysyisin kartalla, missä mennään.

Kun nyt eläkeläisenä kävelin Launeen kirjastoon – kirjasto on siirretty
tuohon lakkautettuun alakouluun Aurakadun päähän, kuljin mummon
entisen kodin ohi. Talo on muuttunut hieman, mutta puutarhassa lienevät
samat hedelmäpuut kuin silloin yli viisikymmentä vuotta sitten.

Tavallinen arjen kiire kaikilla

Reetta Nurmi

Loppui se vihdoin tämäkin työpäivä, sanoi mies, nousi autostaan marketin parkkipaikalla ja lähti kävelemään sisälle. Hän oli luvannut käydä hakemassa joitain täydennystavaroita, vaimo ja tytär olivat harrastuksissaan. Tavallinen arkipäivä.

Antero (Ansu) Kaikkosella oli ollut erikoisen raskas työpäivä tänään. Kaivon puhdistus. Eräässä maalaistalossa se piti ensin pumpata tyhjäksi vesitankkiin, sitten pestä ja desinfioida, tiivistää renkaiden saumat ja pinnoittaa uudestaan. Työ piti tehdä huolellisesti. Kaivosta oli aikaisemmin löytynyt hiiren raato. Vesinäytteitä piti vielä ottaa varmuuden vuoksi. Hyvin tehty työ poiki aina uusia asiakkaita.. Toki hän sen osasi ja oli tehnytkin monta kertaa sekä silloin, kun oli vielä Salakan Putki Oy:ssä, että nyt, kun kaksi vuotta sitten oli perustanut oman firman. Hän oli tyytyväinen aikaansaannoksestaan. Ansu oli etevä, kätevä ja pätevä putkimies, pystyi työllistämään kahta muutakin vastaavan laista.

Ovella tuli vastaan Raivo, virolainen kaveri, jonka kanssa he olivat aikoinaan pyörineet samoilla työmailla.
– Ku ses hurisee?
– Suhisee!
Raivo oli konkurssipakolainen. Oli ollut jo pitkään Suomessa. Perhe asui Tallinnassa. Hän oli omistanut silkkipainopajan Põldsalussa mutta velkoja oli kertynyt niin paljon, että firma haettiin konkurssiin. Suomessa Raivo teki kaikenlaisia töitä mitä eteen sattui. Raivolla oli kiire ja Ansulla oli kiire jatkaa matkaa.

Marketin aulassa Ansu kurvasi kahvila-ravintolan tiskille ja otti kahvin ja pizzapalan. Nurkkapöydässä näkyi istuvan Ali Muhammed, sisällissotaa ja somalien rikollisliigoja paennut, myöskin tuttu edellisistä työpaikoista
– Miten menee, Ansu, istu alas.
– Siinä se, tyhjensin tänään kaivon, täyttö tapahtuu itsestään. Entäs sulla?
– Mummulla on liikavarpaita, vaarilla katkokävelyä, vaimo ei suostu käyttämään burkhaa ja 5-vuotias vaatii karvatonta marsua, 14-vuotias sukupuolen korjausta.
– Kuule, mulla on vähän kiire. Kun seuraavan kerran tavataan lupaan pistää paremmaksi, nyt pitää mennä kotia syömään ja - loppu sensuroidaan.

Ajatuksia paratiisista

Paratiisi
Janne Sipponen

Ajatus paratiisista tuo ensimmäisenä mieleen paikan, jossa on vapaa arjen raadannasta. Kaikki pienetkin toiveet toteutuvat vain ajatuksen voimalla. Ongelmien puuttuminen johtaisi outoon tilanteeseen. Olen tottunut ratkaisemaan pieniä ja suurempia ongelmia ajattelulla. Pulmat ovat olleet ikään kuin osa minua. Jos ponnistelu puuttuu, kuka silloin oikein olen? Onnen yltäkylläisyys täyttää mielen, mutta kadottaa itseni. Tilanne on kuin kuolema. Ollaan päästy johonkin lopulliseen tilanteeseen elämässä. Jo klisee sanoo, että elämä on matka, ei päämäärä.

Päätän siksi, että paratiisissani pitää olla riittävästi ponnistelua eikä kaikki ole valmista. Paratiisi voisi olla joen ranta metsän keskellä. Siellä rakentaisin puista yhdessä muiden kanssa veneen. Veneellä soutaisin joella kalastamassa. Ihmisten pitäisi olla luotettavia, että he eivät pettäisi tai kantaisi kaunaa mistään. Paratiisissa ihmisten välinen pahuus olisi kiellettyä. Vaikeat ihmissuhteet ovat asioita, joita en halua jaksa pohtia. Olisi tilaisuus kehittyä ilman, että joku on laittamassa kapuloita rattaisiin. Paratiisi voisi antaa sopivasti suojaa omia ei niin hyviä piirteitä vastaan. Ei kokonaan, mutta sopivasti.

Paratiisimatka

Tapio Korri

Puhelin pirisee ja Anni vastaa:
- No moi Hanna, oletteks te jo palanneet kotiin?
- Joo, tultiin eilen aamupäivällä ja nyt vielä totutellaan aikaeroon. Lisäksi toi yhdentoista tunnin lento ei ole ihan kevyemmästä päästä. On jotenkin epätodellinen tunne, kun tultiin Suomeen keskelle talvipakkasia ja siellä oli joka päivä yli 30 astetta lämmintä. Mutta ihanaa oli!
- Kerro ihmeessä, mitä te siellä teitte, saitko aikas kulumaan?
- Voi kuule kysy vaan! Täähän oli mun ja Janin viisvuotis häämatka.
- Onks siitä jo viisi vuotta, kun teidän häät oli! Tosi nopeesti aika mennyt. Miten te päädyitte häälomalle just Singaporeen?
- No, Janihan oli käynyt siellä työmatkalla ja se tiesi paikalliset mestat ja arvasi, että tykkään just shoppailla. Niinpä ei paljoa muuta tehtykään, kuin kierrettiin ostoskeskuksissa ja välillä maattiin hotellin puulilla aurinkoa ottaen. Ja tietysti syötiin hyvin. Siellä oli tiäks sä aivan ihania hedelmä - smooteja, joita mä lipitin pitkin päivää. Ja illalla sit käytiin syömässä aivan fantastisissa mestoissa. Siellä oli vaikka mitä herkkuja. Kotona mä oon pyrkinyt pidättäytyyn vegediettiin, niin silti ei siellä voinut olla maistamatta kaikkia ihania äyriäisjuttuja tai kalaa ja kanaa. Vieläkin tulee vesi kielelle, kun muistelee niitä maukkaita ruokia.
- Kerro nyt ihmeessä, mitä te ostitte ja oliko siellä edullista?
- Mistä mä nyt alottaisin; no kerron ensin, mitä Jani osti. Se oli pitkään haaveillut Rolex rannekellosta ja koska Jani sai tässä syksyllä merkittävän palkankorotuksen sekä nyt isot bonarit hyvistä myyntituloksista, ei se ollut köyhä, eikä kipeä. Niinpä se repäsi kunnolla ja osti sen kellon, josta oli haaveillut. Mä sanoin sille, että oliko toi ihan viisas ostos. Mutta Jani vakuutti, että hänen paras ostoksensa ikinä. No, mä uskon sitä. Älä kerro kellekään, mutta se maksoi melkein kymppitonnin, miinus tax free palautus. Sitten Jani osti muutamia siistimpiä vaatteita, tietysti merkki sellaisia.
- Kerro nyt ihmeessä, mitä sä ostit!
- Ensinnäkin, sä et voi kuvitella. Siellä ihan kävelymatkan päässä meidän hotellilta oli kaikkien huippumerkkien liikkeet. Isot liikehuoneistot Pradalla, Guccilla, Louis Vuittonilla, Diorilla ja muilla maailman merkeillä. Sitä meni ihan sekaisin. Se oli todellinen ostosparatiisi. Pari ensimmäistä päivää me vaan kuljettiin ja ihmeteltiin sitä suuren maailman menoa. Kaikissa näissä kalliissa liikkeissä oli asiakkaitakin, ei ne siellä tyhjän panttina ole.
- Ensin mulla ei ollut mitään tiettyä mielessä, mitä tarttis ostaa. Mut kun siellä kierteli, niin alkoi tulla tunne, että toi ja toi olis kiva. Ja sitten päädyin noihin laukkuihin, joita olin aina haaveillut. Ostin siis Luikkarilta vähän isomman laukun ja Guccilta pienen käsiveskan. Näet ne sitten, kun tuut käymään. Ne on

tyylikkäät ja ajattomat. Olihan ne kalliit, eikä meillä oikeesti olis ollut varaa törsätä, mutta kerrankos sitä viisvuotis hääpäivää vietetään. Ostin mä vielä joitain Chanelin tuoksuja, perinteistä vitosta ja sitten sellasta uutta myski/ambra -tuoksu- sekotusta. Se on aika jännittävä ja Jani tykkäs siitä, joten testattu on!

Nyt kun mä kerron näitä sulle, mulle alkaa tulla vähän kurja olo. Tämä on nyt vaan meidän kesken, ethän kerro kellekään!

- En tietenkään, jos niin haluat.

- Meillä ei oikeasti olisi ollut varaa kaikkeen tähän törsäilyyn. Sitä vaan menee niin sekaisin, kun ympärillä on kaikkea kivaa ja tekee mieli ostella. Mulla on oikeesti vähän kun krapula, et kaduttaa noi ylettömät tuhlailut. Sitä paitsi mun luottokortti on jostain syystä suljettu, kait tilinylitysten takia. Jani joutui maksamaan lähes kaikki mun ostokset.

Että se siitä. Palataan, hej då.

Paratiisihetki

Arja Metso

Aamuhämärä, villasukanharmaa, pehmeä.
Usva leijuu verkkaisesti.
Kuikka huutaa.
Ei ole vielä lähtenyt.
Huutaa uudelleen – vai vastaako toinen.
Vanha laituri on kasteesta kiiltävä.
Sen alta lipuu hiljaa keltaisia koivunlehtiä.
Nyt jo.
Ne ovat kuin pieniä pelastuslauttoja, matkalla – minne?

Istun laiturilla peitto ympärilläni.
Kietoudun siihen tiukasti.
Aamu on viluinen.
Kuuma kahvi tuoksuu väkevästi.
Lämmittelen käsiäni mukin ympärillä.
Juon verkkaisesti, puhallellen.
Ajatukset alkavat vaeltaa.
Airojen hiljainen kitinä kuuluu sumusta.
Ketään ei näy.
Naapuri matkalla siikaverkoille.
Ääni etenee saarten suuntaan.
Tuuli herää, haavat havisevat unisesti, viluinen vesi väreilee ja lehdet
tanssivat.

Uusi aamu.

Paratiisi paitani alla

Eija Orpana

Sen täytyy olla jossakin! Siitä puhutaan ja se liitetään niin moneen asiayhteyteen. Ja koska olen kuullut siitä puhuttavan lehdissä ja tv-ohjelmissa, joissa on kuvattu kauniita paikkoja ja ihmisiä näissä paikoissa, niin paratiisinhan täytyy olla olemassa.

Entä jos oikein ahkerasti teen töitä, sisustan, somistan ja kunnostan kotia, kesäpaikkaa, kukkatarhaa niin kyllä minä sellaisen itselleni saan. Ja käynpä vielä varmuuden vuoksi katsomassa maailmalla näitä paratiisipaikkoja. Harmi vaan, että niissä on mahdollista viipyä todella lyhyen ajan kerrallaan, kun on niin monia asioita joita pitää ehtiä tehdä ja hoitaa.

Kuinka onnekkaita ja onnellisia täytyykään ihmisten olla, jotka saavat alituiseen asua noissa taivaallisen kauniissa paikoissa. Samoin kuin heidän jotka voivat viettää kotomaan kylmän ja harmaan ajan paratiisisaarten lämmössä ja hehkussa, palata taas pääskysten kanssa kotimaan kauniiseen kesään.

Onnellisuus, eikö se ole paratiisissa olevien pysyvä olotila.? Muistan kyllä kuinka onnellinen olin, kun vihdoinkin olivat opiskelut ohi, olin nuori, terve ja tarmokas, päässyt vihille, ja saanut lopulta lapsiakin. Ja lisäksi vielä uusi uljas kotimme, auto, kesämökki ... muodikkaita mekkoja, matkoja ja muita menoja, elämä täynnä mielenkiintoista tekemistä ja täpinää. Olihan siinä Orvokille onnellisuuden aineksia kerrakseen. Jos ei näistä aineksista pysty paratiisia tekemään niin mistä? Yritystä oli ja aika hyvin joskus onnistuinkin hetkeksi kerrallaan haihduttamaan huolet ja murheet mielestä ja hipaisemaan tuota auvoista paratiisin autuutta tuoksuineen ja tunnelmineen. Taisipa muuten se eräs kallis parfyymikin olla nimetty paratiisin mukaan. Mutta aikaa en noihin hetkiin saanut pysähtymään.

Elämän liike ei pysähdy, se jatkuu, muuttuu, muuntuu kaiken aikaa ja minä siinä mukana. Luojan kiitos! Elämä, kokemusten koulu jossa luopumiset läksyinä, kirjoitin ajatusten kirjaani jo vuosia sitten. Ja todella kiitettävästi olen noita läksyjä saanut tehdä. Kiukutellen, joskus kiroten ja taas kerraten, mutta vähitellen jotain oleellista oivaltaen. Ja juuri silloin, kun tunsin että elämän evästeet olivat loppuneet ja ovet huomiselle suljetut, tapahtui jotain ennalta suunnittelematonta. Tunsin palanneeni pitkältä vaivalloiselta matkalta paikkaan, jossa vallitsee rauha ja kiitollisuus, jossa kaikki rakkaani ovat aina halutessani läsnä, jossa voin katsella elämäni kauneimpia matka- ja muistokuvia uudelleen ja uudelleen aina halutessani. Paikka jossa on aina kesä tai talvi kauneimmillaan. Jossa voin tuntea kuplivaa iloa, hoitavaa haikeutta joskus myös puhdistavaa itkua. Tunsin tulleeni Kotiin, perille tuohon etsimääni paratiisiin josta ei enää tarvitse lähteä pois.

Huomaan olevani täällä yhä. Ja juuri nyt tämän hiljaisen paratiisini täyttävät Vivaldin Oboe ja Viulukonserton lempeät sävelet, äsken jauhetun kahvin tuoksu, marraskuun aikainen aamuhämärä, ja ilo mahdollisuudesta istua, pohtia ja kirjoittaa hetki kaikessa rauhassa. Hymyillen huomaan eläneeni etsien vastausta kysymyksiini kuin tarinan mies aarretta, joka oli kätketty hänen jalkojensa alle hänen omaan peltoonsa, ymmärtämättä että oma etsimäni, paratiisini, oli ollut kätkössä paitani alla kaikki nämä vuodet. Kannatti etsiä!

Kauhunhetkiä

Metsäpalo
Timo Lukkarinen

Irja peruutti varovasti pihasta kadulle. Onneksi vuokraamon auto oli
samanlainen Golf, jolla hän Kuopiossakin usein ajeli. Tämä oli vaan vähän
riisutumpi malli. Erik oli kyllä varoitellut, ettei Portugalissa ole järkevää
vuokrata autoa. Siellä liikenne on paljon villimpää kuin kotimaassa.
Välinmeren maissa oli ollut kuivana kesänä laajoja metsäpaloja, ja olisi
parempi, etteivät naiset lähtisi ainakaan maaseudulle ajelemaan ja
kaupungissa oli taksikyyti halpaa.

Vävyn huolenpito oli ollut jotenkin kiusallisen ylitsevuotavaa. Tuntui kuin
hän olisi halunnut estää äidin ja tyttären matkaanlähdön. Syy oli selvinnyt
lentokoneessa kun Sari oli kertonut, että hän odottaa lasta. Raskaus oli vielä
ihan alkuvaiheessa, mutta kaikki oli hyvin. Kun Sari kertoi, kuinka hän oli
nähnyt pienen sydämen sykkivän ultraäänikuvassa, liikuttui Irja kyyneliin.
Ilonpurkaus ja halausyritykset koneen ahtaissa tiloissa toivat huolestuneen
lentoemännän kysymään onko kaikki hyvin.

Pari päivää oli mennyt keskustellen ja golfia pelaten. Äiti ja tytär kokivat
olevansa läheisempiä kuin vuosiin. Irja muisteli omia synnytyksiään ja
raskauksiaan ja ajatus eteni lasten isään ja entiseen poikaystävään. Juhan
kanssa hän oli tavannutkin vuosien jälkeen kerran Puijolla. Tapaamisen
muisto syvensi silmäkulmien naurunryppyjä ja keskittyminen herpaantui, niin
että Irja oli vähällä törmätä kuorma-autoon, joka kääntyi röyhkeästi hänen
eteensä. Täyteen lastattu vanha kuormuri kiihdytti hitaasti, eikä Irja
uskaltanut kapealla tiellä lähteä heti ohittamaan, vaikka mieli teki.

Ilmassa tuntui ikään kuin savun hajua. Kun edessä madellut hidastelija oli
kääntynyt sivutielle, näytti avoin maisemakin jotenkin utuiselta. Irja oli
matkalla Palacio National da Penaan. Se on UNESCO:n maaliman
perintökohde ja yksi Portugalin seitsemästä ihmeestä. Sari oli aamulla ollut
hieman huonovointinen. Se oli tuonut mieleen lapsena koetut
matkapahoinvoinnit eikä ajatus mutkaisella tiellä ajamisesta tuntunut
houkuttelevalta.

Kun maasto alkoi kohota, näytti usva tihenevän. Irja koetti rauhoitella
itseään, että Penan palatsi sijaitsi mäillä, joiden sanottiin usein kääriytyvän
sumuun ja usvaan. Yhä voimistuva palavan puun katku kuitenkin huolestutti.
Seuraavan mutkan takana oli vastassa puomi. Ylempänä rinteessä näkyivät
pensaikon takaa korkealle kohoavat liekit ja hikiset ja nokiset palomiehet

vetivät letkuja kohti kohisevaa tulirintamaa. Puomin edessä seisova uniformuun pukeutunut kypäräpäinen mies viittilöi kääntymään oikealle alarinteeseen menevälle tielle.

Irja pysäytti auton ja yritti kysyä liikenteen ohjaajalta kuinka laajalle palo oli levinnyt ja oliko maailmanperintökohde vaarassa. Kuumuuden ja työn paineen rasittama palomies ei täysin ymmärtänyt Irjan kysymystä ja tulkitsi tämän haluavan jatkaa matkaa kohti palatsia. Mies vastasi tiukasti: "No madam, not possible, go home." Sitä ohjetta Irjan oli vastahakoisesti noudatettava.

Kauhunhetkiä pienessä kylässä
Tapio Korri

Reittilento Helsingistä oli juuri laskeutumassa. Lentoemäntä kuulutti
viimeisen kuulutuksensa:
- Tervetuloa Lissaboniin, toivottavasti viihdyitte lennollamme. Kiitos
käynnistä, mukavaa päivän jatkoa ja tervetuloa uudelleen.
Matkustajat pakkautuvat malttamattomina käytävälle ulospääsyä odotellen.
Matkustajien joukossa oli myös muutamia suomalaisia "muuttolintuja" eli
henkilöitä, jotka syksyn tultua pakkaavat laukkunsa ja suuntaavat talveksi
etelän lämpöön. Heidän joukossaan myös ensikertalainen "muuttolintu" Irja
Susi.
Hän on saanut päätökseen hankalan parisuhdekriisin sekä irtautumisen
työstään. Lähtöpäätös etelään oli Irjan mielessä itänyt jo tovin ja paikallinen
kiinteistönvälittäjä, suomalainen Anna Heino, oli järjestänyt Irjan toiveiden
mukaisen vuokra-asunnon maan eteläosasta pienestä Alten kylästä. Kylää
ympäröi laaja luonnonpuisto, jossa oli merkittyjä patikkareittejä eri
vaativuuden mukaan. Lissabonista oli kolmen tunnin junamatka etelään. Anna
oli luvannut tulla vastaan junalle ja ajaa autollaan Irja uudelle kodilleen.

Kova helle oli koetellut Etelä- Eurooppaa. Portugalin paikallisen
ilmatieteen laitoksen mukaan maassa oli edelleen suurelta osin yli 30 astetta
lämmintä. Maassa oli kärvistelty paikoin jopa yli 40 asteen lämpötiloissa.
Paahtava kuumuus teki maaston kuivaksi. Sateitakaan ei ollut saatu moneen
viikkoon.
Anna oli sovitusti Irjaa vastassa. Tuttavallisen tervetulotoivotuksen jälkeen
naiset siirtyivät Annan autoon ajaakseen Alten kylään. Vähän erillään
kylätaajamasta oli pieni talo ja sen ympärillä puutarha. Sisällä tilat olivat
kalustettu paikallisen tavan mukaan. Irjasta tuntui heti, että hän tulee
viihtymään täällä.

Anna toivotti Irjan tervetulleeksi seuraavana päivänä Portimaon
kaupungin Suomitalolle kauden avajaisiin. Muutaman kilometrin matkan hän
voisi helposti taittaa taksikyydillä. Lisäksi Anna kertoi suomalaisten omasta
facebook ryhmästä nimeltään" Algarvessa mitä vaan" ja painotti, että sinne
voi laittaa mieltä askarruttavia aiheita kaikkien ihmeteltäviksi.

Seuraava päivä valkeni yhtä kuumana, kuin edelliset. Irja tilasi taksin ja
lähti käymään Suomitalolla. Taksikuski osasi englantia, joten puhelias mies
alkoi heti kertoilemaan uutisia metsäpaloista:
- Ne ovat alkaneet vuorilta, mutta nyt palot liikkuivat kohti etelää. Eräällä
tieosuudella palo oli ympäröinyt siellä ajaneet autot, eikä liekkiseinämien läpi
ollut mitään ulospääsyä. Ainakin 30 ihmisen arvioitiin palaneen hengiltä
autoihinsa. Kymmenet muut olivat tukehtuneet savuun. Osa ruumiista oli
löytynyt autoista, osa palaneesta metsästä. Kymmenet ihmiset olivat

joutuneet jättämään kotinsa. Irja kuuntelee kauhistuneena taksimiehen kertomusta.

Suomitalolle saavuttuaan Anna esitteli uuden tulokkaan toisille. Eräs tyylikäs herra lähestyi Irjaa ja esitteli itsensä Ahti Katajaksi. Hän oli kotoisin Joensuusta ja leskeksi jäätyään Ahti oli muuttanut seudulle viitisen vuotta sitten.

Irja kertoi taksimatkastaan. Hän oli vieläkin järkyttynyt kuulemastaan ja hämmästeli, kun sai kuulla, että usein palot ovat tahallaan sytytettyjä. Ahti kertoo, mitä taustalla on:
- Ensinnäkin mielenterveydelliset ongelmat. Toiseksi hitaasti kasvavat mäntymetsät halutaan pois ja nopeasti kasvavaa eukalyptusta tilalle. Kolmanneksi, vapaapalokuntalaisille maksetaan palkkiota vain metsien palaessa. Sitten on vielä tahoja, jotka haluavat päästä luonnonsuojelualueelle rakentamaan, joten se "yllättäen palaa poroksi," päättää Ahti luentonsa. Viimeinen syy kylmäsi Irjaa. Hän näet asuu aivan luonnonsuojelualeen nurkalla.

Palattuaan pieneen kotiinsa Irja kävi yöpuulle. Mieli oli levoton. Mitähän tulevaisuus tuo tullessaan. Irja nukkui levottomasti.

Aamuyöstä hän heräsi sinisten valojen välkkeeseen. Ulkona oli runsaasti hälytysajoneuvoja ja miehet säntäilivät sinne tänne. Mitä tämä merkitsee? Onko joku onnettomuus tapahtunut? Irja pukee aamutakin päälleen ja menee ulos. Vastaan tulee palomiehiä sekä paikallisia asukkaita. Taivaalta sataa tuhkaa. Kansallispuiston suunnalla taivas on kellertävä. Maisema on kuin tieteiselokuvasta, sillä väritys ei ole normaali. Irjaa pelottaa, samoin naapuritalojen asukkaat katselevat levottomina kansallispuiston suuntaan. Samassa voimakas tuulenpuuska alkaa painaa palo-aluetta poispäin kylästä. Auringon kajo nousee taivaanrannasta ja päivä alkaa valjeta. Taivaalle ilmestyy jokin erikoinen lentävä esine. Irja ottaa siitä kuvan ja päättää lähettää sen facebook sivustolle "Algarvessa mitä vaan" ja alle tekstin: -Mikä mahtaa olla tämä tunnistamator esine taivaalla kyläni yllä?
Eikä mene kauaa kun viestiin tulee vastaus. Ahti kirjoittaa: - Ei syytä huoleen! Viranomaiset lennättävät droneja, joilla he kartoittavat paloalueita. Miten muuten jakselet? Voisin tänään ajella sinnepäin, jos sopii?

Ääniä yössä

Mirja Lasila

Marja ja Soili heittivät polkupyöränsä nurmikolle, juoksivat henkensä edestä piharakennuksen taakse ja kyyristyivät pensaiden suojaan. Henkeä pidätellen ja sydän pamppaillen he jäivät kuuntelemaan seuraisivatko takaa-ajajat perässä pihaan saakka.
- Kuulitko auton oven äänen?, kysyi Soili.
- Ihan selvästi, vastasi Marja. Nyt kuului askeleita hiekassa. Kuulitko sinä vai kuvittelenko? Marja kysyi. Mitä me nyt tehdään?

Tytöt olivat sisaruksia, teini-ikäisiä, kesätöissä pienen leirintäalueen kioskissa. Elettiin 60-luvun loppua. Kesäiltaisin nuorisoa kokoontui kioskilla, ja usein kioskin sulkemisen jälkeen tytöt jäivät muiden nuorten kanssa viettämään aikaa leirintäalueelle, ellei siellä ei ollut ketään telttailemassa, saunomassa tai majoittuneina mökkeihin. Leirintäalue oli kauniilla paikalla, järven rannalla , valtatien varrella mutta harvaan asutulla seudulla.

Muut nuoret olivat jo poistuneet paikalta, kun sisarukset jäivät vielä siivoamaan kioskin ympäristön , tarkistamaan että ovet oli lukittu ja kaikki kunnossa. Oli lähes puoliyö, hämärää, liikenne tiellä oli hiljentynyt. Jokunen auto harvakseltaan ajoi ohi. Tytöt olivat juuri lähdössä kotiin, kun harmaa auto ajoi ensin ohi, teki äkkijarrutuksen, peruutti ja kääntyi kioskille.
- Voi hitto, ne huomasivat meidät. Nyt äkkiä pyörät kioskin takaa ja menoksi, sanoi hätääntynyt Soili.
- Niin mutta jos he luulevat että kioski on auki ja tarvitsevat jotain, vastasi Marja
- Kyllä niiden täytyy huomata ilmoitustaulussa olevat aukioloajat. Me ei jäädä tähän vaan nyt matkaan.
Autosta nousi kaksi miestä, ei enää mitään nuoria. Tytöt hätääntyivät täysin, sillä miehet lähestyivät heitä molemmat eri puolilta kioskia. Järkytykseltään he eivät kuulleet mitä miehet sanoivat, vaan nousivat nopeasti pyörän selkään ja kioskin takaa kulkevan kiertotien kautta maantielle.
- Nyt ei kyllä ajeta kotiin saakka vaan mennään tuon Osuuskaupan pihaan ja piiloudutaan jonnekin, sanoi Soili.
- Eihän ne ny perään lähde. Ajetaan kotiin asti, sanoi Marja.
- Minä en ainakaan, etkä kyllä sinäkään. Mitä minä sanoin, auto tulee perässä. Ne olivat menossa alunperin päinvastaiseen suuntaan. Mennään pihaan, luulevat että asutaan tässä. Tästä on kuitenkin vielä kilometri kotiin.

Kioskilta oli matkaa kaupalle muutama sata metriä, joten tytöt ehtivät kaupan pihaan, kiersivät lastausillan takapihalle. Takapihalta oli sisäänkäynti kauppiaan asunnolle. Nyt ei ollut aikaa soittaa ovikelloa ja jäädä odottamaan tulisiko joku päästämään heidät sisälle. Onneksi kauppiaan auto oli pihassa.

Tytöt olivat lamaantuneita pelosta. He eivät uskaltaneet liikahtaakaan

pusikossa ja tuskin hengittää. Bodom-järven tapahtumat, nailonsukkamurhat, Kyllikki Saaren murha ja niin monet muut kauhut tulvivat mieleen. Askeleita kuului etupihan hiekalla, mutta ne kaikkosivat samantien. Kuului auton ovien äänet, käynnistys ja auto ampaisi tielle. Piilopaikasta oli näköyhteys maantielle, joten tytöt varmistuivat että auto oli sama harmaa ja lähti alkuperäiseen menosuuntaansa.
- Nyt sitten ei mennä maantietä pitkin kotiin vaan kierretään metsäpolkuja, eihän tiedä vaikka miehet arvaisivat että heidät harhautettiin ja tarkkailevat jossain lähistöllä, päätteli Soili.
- Ei todellakaan ! Uskalletaankohan me huomenna mennä töihin, jos ne miehet tulevat uudestaan, huudahti Marja.

Elokuun yössä

Eila Jokinen

- Oletko varma, että uskallat jäädä tänne yksin? mies katsoi huolestuneena vaimoaan. – Jos sentään lähtisit mukaani kaupunkiin. Tullaan huomisiltana takaisin jatkamaan lomaa täällä.
- Tietysti uskallan, nauroi Maire. - Miksi en uskaltaisi? Eihän täällä voi tapahtua mitään   vaarallista.
- Jos niin tahdot, mutta mielestäni olisi parempi lähteä mukaani kaupunkiin.
- Mene jo, pääset matkaan ennen ruuhkia.

Mies lähti. Maire jäi yksikseen. Hän katseli onnellisena satavuotiaan mökin pihapiiriä aittoineen ja savusaunoineen. Kesäparatiisi, sitä tämä oli.

Päivä sujui leppoisasti. Hän kävi rannassa pesemässä pyykkiä. Pihaan tultuaan ripusti vaatteet kuivumaan puitten alle narulle. Sen sinisen villapaidankin, jonka oli ikiaikoja sitten kutonut miehelleen.

Hän kävi ongella, mutta kun kala ei syönyt, avasi päällisekseen tonnikalapurkin ja sekoitti salaatin. Se riitti. Hän nappasi radion auki, juuri sopivasti uutisten lopulla. ”Kaksi päivää sitten Sukevalta karannut elinkautisvanki liikkuu Lappeenrannan seudulla. Asiasta jotain tietäviä pyydetään ottamaan yhteys poliisiin. Karkuri on vaarallinen ja todennäköisesti aseistautunut.”

Haarukka putosi lattialle. Lappeenrannan seudulla? Siis täälläkin, Ylämaalla? Rinnassa rouhaisi pieni pelon piikki. Vaan ei kai se tänne tule aseineen…

Tunnit kuluivat. Maire oli aikonut käydä metsässä etsimässä sieniä, mutta luopui tuumasta. Ties kuka siellä tulisi vastaan. Päivä eteni kohti elokuun vienosti hämärtyvää iltaa. Radiouutinen oli tehnyt varovaiseksi. Iltakahvit hän keitteli hämärän hyssyssä, ei viitsinyt sytyttää valoa.

Yö putosi tumman harmaana mökin ja pihan ylle. Linnut vaikenivat. Vain kaakkurin huuto kuului muutaman kerran järveltä.

Maire sijasi vuoteen, puki yöpaidan. Aitan luona olisi iso saavi täynnä auringon lämmittämää vettä iltapesua varten. Poliisi oli varoittanut vielä iltauutisissakin vankikarkurista. Maire päätti jättää iltapesun tältä päivältä väliin, ryömi vuoteeseen ja nukahti, mutta heräsi pian vintiltä kuuluvaan rapinaan. Kummallista, koskaan ennen hän ei muistanut sellaista kuulleensa. Ehkä siellä oli hiiri tain orava tai ehkä kurkihirressä riippuvat lepakot olivat lähdössä yölennolleen.

Jos sytyttäisi valon, lukisi jotain. Mutta ei, oli turhaa ilmoittaa mahdollisille kulkijoille, että täällä vielä valvotaan. Jos se karkuri tulisi tänne, niin mitä tapahtuisi? Mitä se tekisi? Maire mietti, pitäisikö hänellä olla jokin, jolla puolustautua. Uunin vieressä oli ranstakka, mutta siitä ei taitaisi olla paljon hyötyä. Pihalla halkopinon luona oli kirves. Se oli pakko käydä hakemassa sisään.

Maire ryömi peiton alta lattialle, hipsutteli tuvan poikki eteiseen, avasi ulko-oven. Valkoinen yöpaita lepattaen hän juoksi puupinojen luo, sieppasi kirveen ja palasi mökkiin. Kiersi oven lukkoon ja reikelinkin päälle. Tuntui turvallisemmalta. Hän palasi vuoteeseen kirves kaverina.

Ikkunan takana rapisi. Ihan kuin joku olisi koettanut avata sitä ulkopuolelta. Ruutu kilahti. Sisään eksynyt yökiitäjä räpisteli kiihkoisasti lasia vasten. Tavallisesti Maire olisi noussut ja laskenut sen yöhön lentämään, mutta nyt äsken ulkoa kuuluneet äänet estivät sen. Hän veti peiton tiukasti leukaan saakka ja varmisti, että kirves oli käden ulottuvilla. Jotain tummaa vilahti ikkunassa ja seinään koputettiin. Ihan varmasti koputettiin.

Tämä vanha satavuotias torppa oli miehelle ja hänelle rakas paikka. Saavutus, jonka lunastamiseksi oli säästetty ja otettu lainaa. Sen piti tarjota lepoa ja viihtymistä työvuosiin, ja sitten aikanaan eläkkeellä ollessa leppoisaan ja kiireettömään elämään vastapainoksi kaupungin hälinälle. Tänä yönä leppoisuus ja viihtyminen olivat häipyneet ties minne.

Vanhat hirsiseinät risahtelivat. Olivatko ne aina pitäneet tuollaista ääntä?

Pihamaalla liikkui varmasti joku. Maire kuuli, miten aitan ovi avautui ja sulkeutui. Pitäisi kurkistaa ikkunasta, kuka siellä kolisteli. Jos laittaisi yöradion päälle oikein kovalle äänelle? Karkottaisiko se pihassa liikkujan... Ei, oli parasta olla hiljaa paikoillaan ja kuunnella. Vain kuunnella.

Joku kiersi mökkiä, askelet laahasivat heinässä. Puutarhakeinu narahti kuin joku olisi istahtanut siihen raskaasti. Hyvin kaukaa pikitieltä kuului voimakasta auton moottorin murinaa. Tais olla rekka menossa Vaalimaan suuntaan. Miten paljon ääniä yöhön mahtuikaan. Eikä mikään niistä kuulostanut ystävälliseltä.

Yksinäinen lintu kirkaisi ja vaikeni sitten. Ehkä lähellä vaaninut pöllö oli siepannut sen saaliikseen. Mairesta tuntui kuin joku olisi vaaninut häntäkin, tai paremmin hänen mökkiään saaliiksi.

Missä aamu viipyi?

Arka auringon säde leikkasi ikkunanpieltä. Metsässä lintu aloitti aamukonsertin, kohta siihen yhtyi toinen, kolmas ja pian äänessä oli kokonainen lintukuoro. Lisää valoa, lisää aurinkoa.

Pihamaalta ei kuulunut mitään.

Maire nousi vuoteesta, Kiersi tuvan ja eteisen. Kaikki oli rauhallista. Käkikello seinällä kukahti kahdeksan kertaa. Hän oli sittenkin nukahtanut. Hän päätti uskaltautua ulos. Avasi oven. Astui portaat. Kylmä juoksi pitkin selkäpiitä. Aamukasteesta kiiltävässä ruohossa oli isoja jalanjälkiä. Kukkapenkin daaliat oli tallottu. Joku oli ollut täällä. Aitta pitäisi tarkistaa, mutta ei vielä. Piti ensin rauhoittua. Hän meni tupaan. Latasi kahvinkeittimen kädet vapisten. Ahdisti.

Lähitalon isäntä ajoi pihaan.

- Tulin katsomaan, miten jaksat.

- Hyvinhän minä, mitenkäs muuten, vastasi Maire leuka väpättäen. - Mikäs tässä ollessa.

- Aateltiin emännän kanssa, että sinä kun olet vähän aran sorttinen, ja ne eiliset uutisetkin saattoivat pelottaa. Ja ettei se karkuri vaan tännekin olisi yrittänyt.

- Tuolla pihalla on jälkiä. Ja olin minä yöllä jotain liikettä kuulevinani, vaan en tohtinut mennä katsomaan. Ihan kuin tuon kukkapenkin ylikin ja...Saattoihan se tietysti olla vaikka hirvi. Niitä täällä usein kulkee.

Maire pulputti sanoja. Oli hyvä, että oli joku jolle puhua, joku joka kuunteli.

- Ne poliisit oli sen karkurin tavoittaneet tuolta Salmisen mökiltä. Oli rikkonut ikkunan ja mennyt sisään. Pyssy sillä oli kuulema ollut mukana. Vaan oli se hyvä, ettet mennyt ulos yöllä katsomaan, oliko pihalla ketään. Se kun kuuluu olevan sellainen kolmen naismurhan mies, se vankikarkuri.

Maire lysähti istumaan portaille. Värisytti, vapisutti, melkein tuli itku.

- Älähän nyt! Isäntä taputti häntä hartioihin. - Vaara on ohi.

Maire puristi kädet nyrkkiin. Katse kiersi pihaa. Vaara oli ohi. Yö äänineen oli ohi. Katse tavoitti koivujen väliin pingotetulla narulla kuivuvat pyykit. Sininen villapaita oli poissa.

- Kyllä se kävi täälläkin, hän sanoi. - Ei tullut sisään, mutta vei Artsin lempipuseron. Tuolta narulta.

- Voi hittolainen! henkäisi isäntä ja kaappasi Mairen kainaloonsa. - Voin hittolainen sentään!

Olis siinä voinut sattua vaikka kuin pahasti.

Elämän yllätyksiä

Merkillinen tapaus
Timo Lukkarinen

Irja oli palaamassa epäonniselta matkaltaan maailmanperintökohteeseen. Ilta alkoi hämärtyä ja keskeytynyt reissu harmitti. Horisontissa näkyvä metsänraja oli jotenkin kummallisen kirkas. Oliko se laskeva aurinko vai roihusiko siälläkin metsäpalo. Yhtäkkiä jostakin taivaanrannan hehkun keskeltä singahti näkyviin kummallinen esine tai alus, niin kuin lentävä lautanen tai ufo.

Esine lensi humahtaen auton yli. Irja ehti havaita, että se oli valtavan suuri. Halkaisija oli kymmeniä metrejä. Sen reunat vaikuttivat punahehkuisilta. Näytti niin kuin se jättäisi jälkeensä kipinävanan. Mikä se on? Eihän lentäviä lautasia ole. Ei kukaan vakavasti otettava ihminen niihin usko. Järki sanoo, että ei tuommoista voi olla olemassa ja kuitenkin se lensi suoraan yli ja kuului vain humahdus kun se katosi näkymättömiin.

Irja painoi pelästyneenä jarrua ja auto pysähtyi nytkähtäen. Miksi moottorikin lakkasi käymästä? Oliko se jotenkin väkisin sammutettu? Mistä nyt on kysymys? Irjan kädet vapisivat ja sydän hakkasi. Ei tällaista tapahdu. Eihän tämä nyt voi olla totta. Irja muistaa elokuvan, jossa avaruusalus leijui auton yllä ja pysäytti sen moottorin. Hän koettaa muistella kuinka sille autossa istuneelle naiselle kävi. Ottiko alus hänet mukaansa, tehtiinkö jotain kokeita, selvisikö hän hengissä?

Eikös joku avaruuslentäjä kertonut, että avaruushallintovirasto on ollut yhteydessä ufoihin. Lentäjä tiesi avaruusolioiden olevan kapeavartaloisia isopäitä, joilla oli suuret silmät, mutta muuten ne muistuttivat pieniä ihmisiä. Nasa kielsi kyllä koko jutun, mutta astronautti väitti olleensa yhteydessä sotilas- ja tiedustelupiireihin, joissa tiedetään, mitä julkisuuden takana todella tapahtuu.

Ympärillä on nyt aivan hiljaista. Irja hengittää syvään ja koettaa rauhoittua. Sitten hän kääntää virta-avainta ja yrittää käynnistää auton. Starttimoottori vain naksahtaa tukahtuneesti eikä tunnu toimivan. Irja huomaa, että autossa on vaihde päällä ja kun hän painaa kytkimen pohjaan moottori käynnistyy. Helpottuneena hän oivaltaa painaneensa automaattivaihteisiin tottuneena jarrua ilman kytkintä. Sen vuoksi auto pysähtyi niin omituisesti nykien. Ei tässä mitään yliluonnollista ole, on vain mentävä eteenpäin. Kaikelle löytyy kyllä selitys.

Kun Irja saa vaihteen päälle ja aikoo lähteä jatkamaan matkaa kuuluu edestä nopeasti lähestyvä jylinä. Voimakas myrskyn kaltainen ilmavirta saa tienvarren puut taipumaan. Mäen takaa nousee hitaasti valtava alus, jossa vilkkuvat punaiset valot. Se näyttää tulevan suoraan päälle. Nytkö se hyökkää? Se meni vain ensin piiloon vaanimaan ja nyt se käy kimppuun. Siinä voimakkaassa äänessä on kuitenkin jotain tuttua. Iso miehistönkuljetushelikopteri lentää matalalla hitaasti samaan suuntaan kuin äskeinen tunnistamaton esine. Ajavatko ne sitä takaa? Mikä se on? Onko se vaarallinen?

Irja keskittyy ajamiseen ja koettaa pitää ajatukset koossa. Nyt täytyy vain päästä Sarin luokse ja rauhoittua, kyllä kaikki vielä selviää. On oltava ajattelematta lentäviä lautasia ja avaruusolioita. Sari odottaa lasta ja se on tärkeintä. Parasta, että en puhu hänelle tästä mitään. Raskaana olevan mieli on niin herkkä ja ailahtelevainen. Irja muistaa kuinka hän Saria odottaessaan oli tuntenut itsensä avuttomaksi. Oli vain itkettänyt ja pelottanut miten tästä kaikesta selviää.

Äkkiä tien varresta nousee lyhyt hoikka hahmo, joka pitelee päätään ja astuu keskelle tietä niin, että auton on pakko pysähtyä. Irja koettaa tunnistaa onko pysäyttäjällä suuret silmät, mutta ei erota sitä koska tulija pitelee käsiä otsallaan kun hän kumartuu etuikkunan viereen ja puhuu, kielellä, josta ei saa mitään tolkkua. Veriset kasvot pelästyttävät niin, että Irja aikoo ensin kaasuttaa eteenpäin, mutta kysyy kuitenkin englanniksi mitä on tapahtunut. Tulija kertoo, että jokin suuri ja kummallinen lensi yli ja hän tunsi iskun päässään ja se tuntuu nyt vuotavan verta.

Irja nousee autosta ja tutkii vieraan otsassa olevaa haavaa, ottaa rantakassista pyyhkeen ja kietoo sen haavoittuneen pään ympärille. Naiset jatkavat järkyttyneinä matkaa. Nyt heitä on kaksi, jotka ovat nähneet oudon lentävän esineen. Toisaalta helpottaa kun tietää, että molemmat ovat nähneet saman, mutta sydänalassa kiristää pelko. Asutuskeskuksen valot näkyvät kaukaa ja kohta tullaan päätielle. Mutkan takana on iso katettu sotilasajoneuvo poikittain. Tiellä seisoo kaksi kypäräpäistä maastopukuista miestä konepistoolit olallaan. He viittovat auton pysähtymään.

Pimeydestä ilmestyy koppalakkinen upseeri, joka pyytää odottamaan hetken niin, että tiellä jyrisevä autokolonna pääsee ohi. On tapahtunut onnettomuus ja armeijan yksiköitä on pyydetty apuun. Ei ole syytä hätääntyä, palo on saatu jo hallintaan. Nyt vain tehdään vielä joitakin tarkistuksia ja etsintöjä. Naiset kertovat kokemuksistaan, ja haavoittunut ohjataan kuorma-auton luo ja paikalle hälytetään lääkintäyksikkö. Upseeri haluaisi saada Irjankin tutkittavaksi, mutta tämä sanoo olevansa kunnossa. Hän haluaa vain päästä tyttärensä luo, joka on lääkäri ja pitää hänestä kyllä huolen.

Sari pelästyy nähdessään äitinsä uupuneen olemuksen ja veren tahrimat kädet. Irjan on kerrottava koko seikkailunsa moneen kertaan, vaikka hän oli päättänyt, ettei halua pelästyttää tytärtään. Naiset istuvat ja puhuvat aamutunneille saakka ja pohtivat mitä oikeastaan on tapahtunut. Miksi armeijakin on vedetty mukaan, Irja kimpaantuu. "Se on niin tyypillistä miesten touhua. Jos ulkoavaruudesta tulee joku vaikka miten rauhanomaisin aikein, niin täällä armeija hyökkää heti pyssyt tanassa sotimaan."

"Äiti kulta, rauhoitu nyt. On ihan tavallista, että armeijaa pyydetään apuun katastrofitilanteissa. Sotilailla on aina ase mukana, sehän kuuluu niiden perusvarusteisiin. Lopetetaan tämän asian vatvominen ja mennään nukkumaan. Ei tämä tänä yönä selviä. Huominen tuo mukanaan uudet huolet."

Uni tulee lopulta melko nopeasti. Aamu la naiset nukkuvat pitkään eivätkä ole näkemässä television uutislähetystä, jossa kerrotaan öljyjalostamolla sattuneesta tulipalosta. Suuri öljysäiliö oli räjähtänyt ja sen pyöreä kansi oli lentänyt kilometrien päähän. Uhkaava tilanne sai aikaan suurhälytyksen, mutta onneksi vahingot jäivät vähäisiksi. Kukaan ei kuollut, vain muutama lievästi loukkaantunut oli saanut ensiapua. Pelkoa ja hämmennystä herättänyt säiliön kansikin löytyi melko pian. Kaikki viimeyönä ilmatilassamme lentäneet esineet on tunnistettu, hymyilee haastateltavana ollut nuori upseeri.

Tytti Tähti-Taivainen

Sinikka Kallio

Tytti Tähti – Taivainen istui ämpäreineen suon laidalla seuranaan korppi, joka keikkui kuivuneen näreen rungolla ihmetellen. Ilma oli viileähkö ja tummat sadepilvet värittivät taivaanrantaa. Tytti pyöritteli Marimekon saappaitaan neuvottomana, mihinköhän suuntaan hän lähtisi. Ämpärit pitäisi täyttää turpeella ja lakoilla. Lakkoja näkyi harvakseltaan ja mikähän on sitä turvetta , Tytti mietti.

Tytti Tähti – Taivainen oli ikuinen opiskelija. Hänen elämänsä johtotähtinä olivat kauneus, terveys ja henkevyys. Viime aikoina myös luontoarvot olivat riipaisseet hänen pieniä ajatuksiaan. Tytti kouluttautui alunperin kampaaja – kosmetologiksi. Hän kyllästyi nopeasti hiuspohjien pöllyttelyyn ja naamojen taputteluun. Hänen sisäinen hoitajansa halusi enemmän ja niin hän siirtyi päästä varpaisiin. Vyöhyketerapeutin koulutus mahdollisti jalkapohjien hypistelyn. Sekään ei Tytille riittänyt, vaan hän halusi koko ihon koskettelualueekseen. Kurssit ja koulutukset seurasivat toisiaan. Niinpä hänestä tuli vielä kalevalainen jäsenkorjaaja ja hermoratahieroja.

Kalenterit täyttyivät toinen toistaan kummallisimmista asiakkaista, jotka valittivat, huokailivat, narisivat ja marisivat. Tytti alkoi väsyä.
" Minun apuni ei enää riitä. Ihmisten energiat ovat niin huonot, he imevät minusta kaiken voimani. Ruumis ei tarvitse apua, vaan henki.", tilitti Tytti ystävälleen.

Omasta ideastaan iloisena Tytti hankki vielä enkelihoitajan ja Tarot- korttien tulkitsijan diplomit. Kuusi ammattia antoivat jo lavean pohjan yrityksen perustamiseen. Tytin Euro- Beauty- Health Center avautui . Työtä riitti ja kassa kilisi tai paremminkin korttikone piippasi. Rahaahan ei enää näkynyt, sekin oli henkistynyt abstraktiksi liikkeeksi eri toimijoiden välillä.

Toinen Tytin elämää määrittänyt tekijä oli lähteminen. Lähteminen oli saapumista tärkeämpää, pakkaaminen purkamista antoisampaa. Hän oli lähtenyt melkeinpä kaikesta mistä ihminen voi lähteä. Lapsuudenkodistaan kaksi kertaa, viisitoistavuotiaana oli ensimmäinen yritys, nälkä palautti pian nuoren kotikeittiön appeen ääreen. Toinen lähtö vei Helsinkiin ja onnistui pian solmitun avioliiton vuoksi. Avioliittoja oli koettu jo kolme. Ensimmäinen mies sai jäädä, koska osoittautui liian laiskaksi Tytin makuun. Toinen liitto raukesi miehen pelivelkoihin. Kolmas avioliitto kesti ensimmäisiä pidempään ja oli ajoittain jopa onnellinen. Mies osoittautui ajan saatossa nörtiksi, jota kiinnostui enemmän virtuaalitodellisuudesta kuin elämästä Tytin hoitojen ja henkevyyden maailmassa. Mies ei edes huomannut Tytin lähtöä.

Maastakin Tytti oli lähtenyt. Kotimaan junttimaisuus ja tapahtumattomuus veivät iloiseen Tukholmaan sairaala-apulaiseksi ensimmäisen avioliittoyrityksen jälkeen. Tytti kauhistui loppuelämäkseen kaikkea sitä rumaa mitä sairaalaelämä tarjosi. Se kokeilu jäi kesänmittaiseksi. Seuraava maastapakoyritys tuli uupumisen jälkeen. Aurinko auttaisi , hän tuumi ja matkasi Fuengirolan Suomi- paratiisiin. Paratiisissa oli kuitenkin liikaa käärmeitä. Yksinäisyys, ryyppäävät savolaiset, kieliongelmat ja kosteankylmä koti muuttivat Tytin herkän mielen kotimaapositiiviseksi ja lähtö oli taas edessä.

Elämä yrittäjänä oli kiireistä ja a oittain jopa antoisaakin. Tytti Tähti – Taivaisesta oli tullut myös vuosien saatossa ympäristötietoinen. Hän ei ole voinut välttyä kuulemasta uutisia maailman hälyttävästä tilasta ja siitä miten muovi olikin täysin väärä keksintö. Sana muovi muuttui hänen päässään mustaksi aukoksi, johon kaikki hyvät ajatukset humahtivat. Pään täytti huoli ja ahdistuneisuus.

Muovi oli monessa mukana hänenkin firmassaan. Kauhukseen Tytti ymmärsi, että muovia oli kaikissa hänen käyttämissään hoitoaineissa, paitsi hierontaöljyissä. Toki nekin oli pakattu muovipulloihin. Muovista piirtyi hänen päässään rutto, joka tulisi hävittää mahdollisimman tarkasti ja nopeasti. Niinpä ratkaisu löytyi taas uudesta kurssista . "Valmista itse omat kauneudenhoitotuotteesi."

****

Tytti katseli hieman epäuskoisena pitkälle vieviä pitkospuita ja laajalle levittäytyvää suota. Kurssilla oli kehotettu hakeutumaan luonnon lähteiden äärelle. Turve olisi avainlipputuote kaikelle. Sitä riittäisi. Se puhdistaa, uudistaa ja rentouttaa. Tytin mielessä kävi epäilyksen hento siemen. Tuoko löyhkäävä maatuva aines olisi eheyttävää ja oisi kasvoille, iholle uuden eliksiirin ja aine, joka veisi kehon autuuden tilaan.

Hilloja oli myös kehuttu erityisesti arktisen kauneuden lähteeksi. Yöttömän yön kulta hoitelisi naaman kuin naaman.

Tytti nousi ja oikaisi selkänsä. Nappasi ämpärit mukaansa ja alkoi lappoa suota astioihin. Ne harvat marjat , jotka osuivat kohdalle , hän kippasi suuhunsa. Maailma ei muutu jos minä en muutu, hän tuumaili työskennellessään, vaikka samalla tunsi lievää lohduttomuutta työnsä äärellä. Lopulta työ tuli tehdyksi, Tytti nosti katseensa ja näki suon laidassa jotain. Se jokin alkoi liikkua ja oli kuin pyöreä ruskea pallo. KARHU! NYT TULI LÄHTÖ!

Sinne jäivät ämpärit ja uusi innovaatio.

Jaska

Maila Honkanen

Elokuinen ilta Sandvikin vierasvenesatamassa oli hiipumassa yöksi. Ilma oli lempeän maitomaista. Lämmin kesätuuli hiveli hyväillen kulkijan paljasta ihoa. Satama- alueella liikkuja eli onnentäyteisessä nirvanassa. Turistit istuskelivat sataman luonnonkivipenkalla ihastellen kesäiltaa. Tunnelman rikkoi odottamatta hätääntynyt huuto:
- Ei voi olla totta! Ei voi! Onko tuo käärme? Näyttää ihan käärmeeltä. Hyi kamalaa. Hyi. Miten se voi hypätä ilmaan ja pyöriä noin? Ei, ei se voi. Ei käärme millään voi!...... Käärmeeltä se kyllä näyttää. Ankeriaan poikanen se ei voi olla. Eikä nahkiainenkaan.
- Kyllä se oli käärme. Näytti ihan kyyltä. Jos se oli kyy, niin ....Katsokaa! Se hyppää taas! Tämähän on mielenkiintoista. Minulle ihan uutta ja ainutkertaista! Täysin ennen kokematonta!
  Kymmenkunta toisilleen tuntematonta ihmistä tuijotteli alapuolella olevaa vettä ja kivipenkkaa. Puolentoista metrin välimatka käärmeeseen antoi pelkurillekin turvaa. Joku kastoi pikaisesti käärmeakrobaatin Jaskaksi. Jaska laskeutui ilmasta sulavasti veteen, kiemurteli iloisesti vesirajassa ja katosi kivien koloihin.
- Oli se käärme. Olipa se kaunis. Kimalsi ihan kuparille ja hopealle. Hei, nyt se tulee takaisin. Katsokaa! Katsokaa! Katsokaa nyt ihmeessä! Onko kellään kameraa?.... No onhan puhelimia sentään.
- Enpä ole koskaan kuullut tai nähnyt käärmeen hyppäävän ilmaan ja tekevän ympyrän muotoista kuviota ilmaan. Todella.......ennen näkemätöntä! Olen kyllä kuullut, että kyy kiipeää puuhun synnyttämään. Mutta että se hyppää vedestä ilmaan. Se on minulle täysin uutta. Hei nyt se hyppää taas! Nyt! Nyt! ....Näittehän!
- Hei, kuulkaa! Onnistuin kuin onnistuinkin saamaan filmin pätkän kyyn hypyistä. Jos joku ei saanut tallennettua tilannetta ja filmin pätkä kiinnostaa, niin voin lähettää sen hänelle muistoksi. Tarvitsen vain osoitteenne. Täytyypä tutkia heti netistä tarkemmin käärmeiden elämää! Ja ottaa yhteys Joensuun yliopiston matelijatutkimukseen.

Ja Jaska jaksoi nauttia kesäillasta tunnin ajan. Kävi välillä lepäilemässä rantapenkan suojassa. Palasi esittämään akrobatiansa. Uudelleen ja uudelleen. Pyörähtäen puolen metrin korkeudessa kesäillan kunniaksi. Ja ihmisten ihmetykseksi ja herätykseksi.

Kadonnut lompakko

Timo Lukkarinen

"Missä ihmeessä se voi olla" Erik kulkee levottomana eteisen ja keittiön väliä ja etsii lompakkoaan. Jostakin tutusta paikasta se kohta varmaan löytyy, eihän se noin vain voi kadota."
"No missä sinä sitä viimeksi käsittelit?" kysyy Sari. Erik kävelee rauhattomana edes takaisin ja penkoo takkinsa taskuja, kurkistaa hattuhyllylle ja eteisen nurkkakaapin alimmalle hyllylle.

Aamupäivällä kun Erik kävi vaihdattamassa Laakkosella kesärenkaat, hän meni odotellessaan läheiseen kauppaan ja kassalla hänellä oli lompakko kädessään kun tuli tekstiviesti, että renkaat on nyt vaihdettu ja hän lähti saman tien kävelemään Laakkoselle.

Kun Erik lähteen ajamaan takaisin rengasliikkeeseen, hän ei jaksa kiinnittää huomiota tienvarren leskenlehtiin eikä niityllä orastavan kevään vihreyteen sen enempää kuin harjun päällä kasvavaan mäntymetsään. Olo on ahdistunut, niin kuin silloin kerran Espanjassa kun passi oli pudonnut hotellissa sängyn ja seinän väliin ja sitä etsittiin kuumeisesti pari päivää ennen kuin Sari lopulta löysi sen.

Tapauksen jälkeen Eri näki unen, jossa hän on lentokentällä jo menossa koneeseen kun yhtäkkiä eteen ilmestyy tiukkailmeinen poliisi, joka nostaa käden pystyyn ja sanoo: "Passport" ja passia etsiessään Erik huomaa olevansa paljain jaloin pelkkä teepaita ja shortsit yllään eikä passia löydy mistään.

Takana olevan auton kiukkuinen tööttäys havahduttaa taas nykyhetkeen ja liikkeelle valoista. Entä jos edessä onkin ratsia. Poliisi sanoo: "Ajokortti ja rekisteriote" ja Erik vastaa: "Tässä on rekisteriote, mutta se ajokortti on lompakossa." "No ottakaapa se sieltä sitten" sanoo poliisi.

Parasta aikaa joku varmaan kokeilee Erik n uutta luottokorttia, lompakkoon taisi jäädä vielä pin- koodin muistilappu kelakortin koteloon, identiteettivarkaalle on juhlapöytä katettu.

Avuton epätoivo melkein nostaa kyyneleet silmiin kun Erik ajaa rengasliikkeen pihaan ja silloin puhelin soi. Sarin äänessä kuuluu pidätelty nauru kun hän sanoo: "Arvaa mitä, sinä olit pannut lompakkosi keittiön kaapin ylälaatikkoon silloin kun annoit minulle kelakortin ja laitoit joitakin kuitteja sinne laatikossa olevaan kansioon."

Kahvin tuoksu tuntuu jo eteisessä kun Erik avaa kotioven.

Hävinnyt olkalaukku

Arja Etola

Vanhuus ei tule yksin, se tulee kaksin.

Kaksin! Jouluaatto tänä vuonna oli rauhallinen. Saimme olla kotona kahden kesken. Ei yhtään lasta tai lastenlasta ollut. Voimme kerrankin toteuttaa aikatauluamme – melkein koko päivän.

Aamulla rauhallinen herääminen, aamupala ja joulupuuro, tuo riisipuuro hautumaan. Joulukuusen olin koristellut jo edellisenä iltana. Tänä vuonna ei aatonaattonakaan ollut kuusta koristelemassa lapsia tai lapsenlapsia kuten tavallisesti.

Puoliltapäivin kuuntelimme niin kuin aina joulurauhan julistuksen, tällä kertaa radiosta. Joulurauhan julistus on perinne, joka johdattaa joulun viettoon ja julistaa joulun alkaneeksi. Siihen mennessä on meillä kaikki jouluvalmistelut tehty. Istuimme ruokapöydän ääressä kaikessa rauhassa nauttimassa joulupuuroamme maidon, kanelin ja sokerin kera.

Lähdimme autolla joulukirkkoon. Haimme toisesta mummolasta mukaamme lapsenlapset vanhempineen. Kirkko oli täysi. Perhehartaudessa katseltavaa riitti pienimmillekin. Meille tuttu turvapaikanhakijaperhe oli mukana jouluevankeliumissa Joosefina, enkeleinä ja pikku paimenena.

Hartauden jälkeen lähdimme hautausmaalle. Veimme kynttilät miehen isän ja veljen haudoille sekä muualle haudattujen muistokiven luo. Supassa olevassa muistolehdossa ja ympäri hautausmaata kynttilät valaisivat päivän hämärässä..

Palautimme lapsen perheineen toiseen mummolaan. Kotona lämmitimme saunan, saunoimme pitkään ja hartaasti. Katoimme jouluaterian, söimme ja lepäsimme, kuuntelimme joululauluja. (joita vihdoin sai kuunnella muutoinkin kuin puolison poissa ollessa. Hän ei halua ennen joulua jouluvaloja eikä joulumusiikkia. Toki meillä on ollut kynttelikkö keittiössä ja muutama päivä ennen joulua parvekkeellakin jouluvalo, mutta etupihalla tuijassa ledkynttilät vasta aatonaattona.)

Aattoiltana valmistelin vielä hetken yömessua. Aloin pakata mukaan otettavat tavaroita. Etsin käsilaukkuani, mutta en löytänyt sitä mistään. Luulin että olin unohtanut sen kirkon penkin naulaan. Etsittiin joka paikasta. Muistin, että hautausmaalla se ei ollut mukana. Pelkääjän penkillä autossa istuin kynttiläkassin kera, sen muistin. Vävy kertoi myöhemmin, että kirkosta poistuttaessa pojan hattu oli jäänyt penkkiin ja hakiessaan hattua hän ei kyllä huomannut laukkuani siellä. Kun ei sitä löytynyt, niin oletin sen varastetuksi. Etsittiin autostakin, soiteltiin kirkkoon.

Olkalaukussani oli koko omaisuuteni: kalenteri, ajokortti, henkilökortti, rahapussi rahoineen ja kaikkine muine kortteineen, kahdet työavaimet, kotiavain jne. Ja lähtiessä töihin kahdeksan jälkeen jouluaattoiltana olin aika tuskainen kadottamistani tavaroista.

Yöllä palasin kotiin messusta. Ei ollut tullut mitään tietoa käsilaukusta. Jouluaamuna kuoletin pankkikortin.

Tapaninpäivän iltana jo suunnittelin seuraavan aamun matkaa rikosilmoitusta tekemään poliisilaitokselle. Tein tarkan listan laukun sisällöstä. Mies lähti vielä kerran tutkimaan autoansa. Nyt hän löysi olkalaukun penkin alta piilosta. Mikä helpotus!

Mutta, mutta: pankkikortti uupui. Kun kävin kaupassa, etsin rahapussistani korttia, mutta en löytänyt sitä. Sitten yhtäkkiä muistin, että sehän on kuoletettu – ei minulla olekaan pankkikorttia. Kassalla oli jo jono kasvanut ja joku takana olija huomautti, ettei tuolla S-kaupassa toiminut tänään sen liikkeen kortti, sekö tuossa kassalla takkuaa. Onneksi minulla oli ostosten verran rahaa rahapussissa, joten pääsin ostosteni kanssa häpeilemättä ulos - oli näet virkavaatteet päällä.

Uusivuosi tuli ja meni ja joka päivä odottelin pankkikorttia postista. Vihdoin keskiviikkona 8.1. tuo odotettu saapui.

Mikä helpotus! Nyt voi jo nauraa iloisesti tuolle tapahtumalle. Huvittihan tuo aikaisemminkin toisella tapaa: vanhuus ei tule yksin! Onneksi meitä on kaksi. Yhdessä selviämme, voimme iloita ja surra ja muistella hölmöyksiä, joita iän mukana väkisin tapahtuu.

Kohtaaminen

Janne Sipponen

Johtoryhmän kokous odotti. Minun pitää kertoa siellä katsaus myynnin kehitykseen viimeisen neljänneksen aikana. Luvut sain käsiini vasta iltapäivällä ja ne toivat todella negatiivisen yllätyksen. Tiimini kanssa olen ollut palaverissa melkein jokaisena päivänä viime kuussa, mutta kukaan ei kertonut minulle huonoja uutisia. Minuun ei näköjään luoteta ollenkaan, ei uskalleta kertoa kaikkea. Mikä kumma johtamiseeni on mennyt. Olin juuri kurssilla, jossa opetettiin avoimen vuoropuhelun merkitystä johtamisessa. Miten selitän tämän ylimmälle johdolle? Ehkä vetoan Kiinan huonoon talouskasvuun. Puoli tuntia aikaa, mutta pitäisi ehtiä syödä jotain, muuten pyörryn kesken kaiken. Poikkean tuohon italialaiseen ravintolaan.

Istun pöytään ja kaivan repusta läppärin. Alan tarkastella myyntitietoja. Minua vastapäätä istuu nainen, ehkä oman ikäiseni. Samalla kun työskentelen lukujen parissa, ehdin aina silloin tällöin vilkuilla naista. Hiki valuu pitkin selkää kun mietin selitystä huonoon kehitykseen pomoilleni. Nainen ottaa repustaan muistikirjan, katselee sitä, kääntelee sivuja. Kädessä naisella on lyijykynä, jolla hän tekee merkintöjä muistikirjaan samalla kun pyyhkii kumilla jotain pois.

Näpyttelen tietokonetta kun nainen sanoo lujasti.
- Lopeta!
- Anteeksi mitä?
- Yrität koko ajan tehdä kiireellä enemmän, mutta oikeasti saat koko ajan aikaan vähemmän.
- Sinä et kyllä tiedä liike-elämästä mitään.
- Nimeni on Marjaana, olen kirjailuja. Edellisessä kirjassa minulla oli päähenkilönä juuri sinun kaltaisesi mies. Aikataulujen orja, joka lopulta joutuu lopulta pois työstä masennuksen takia.
- Enhän minä voi näitä töitä poiskaan heittää.
- Pelkuri, aivan samanlainen kuin muutkin. Pelkäätte kaikki toisianne. Mietitte ainoastaan, kuinka tehokkaalta näytätte toistenne silmissä.
- Me työtä tekemällä maksamme sinunlaisen kirjailijan elatuksen.
- Anna tilaa itsellesi, uskalla elää oman aikataulusi mukaan pakon sijaan. Voit paremmin, luovuuskin kukoistaa ja ongelmat töissä ratkeavat helpommin. Kiireetön aamu, aamukahvi, rauhallinen kävely merenrannassa rauhoittavat mieltä.
Nainen pakkasi muistikirjan reppuunsa ja lähti kävelemään. Mietin, että hänellä oli hyviä ajatuksia luovuudesta ja sen herättämisestä. Klo 15.00 palaverin jälkeen on hyvä 15 min. aukko, jolloin hän voisi tulla kertomaan työn tehostamisesta luovuudella.

Hengästyttävä testimatka

Tapio Korri

Esittelemme nyt ihmistestin, jossa jo eläkkeellä olevaa peruskuntoista henkilöä testataan. Haluamme tietää, miten pitkäkestoinen, monta päivää kestävä jatkuva rasitus ja alkeelliset olot sopivat ikääntyneille.

Testin aluksi joudumme tekemään mielikuvaharjoittelua siitä, miten vieraassa ympäristössä kaikki mukavuudet ja arjen itsestäänselvyydet eivät enää ole itsestään selviä. Lisäksi tarvitaan fyysistä harjoittelua. Täyspakkaus selässä ylös ja alas jyrkkiä mäkiä sekä sopivien jalkineiden ja muiden varusteiden testausta.

Kun esivalmistelut on tehty, siirrytään itse testauspaikalle. Tällä kertaa testipaikkanamme on perinteinen pyhiinvael us eli camino. Testi toteutetaan Porton kaupungista Portugalista Espanjan Santiago de Compostelaan. Testimatkan pituus on vähintään 260 km ja aikaa on käytettävissä 12 päivää. Kuljettavan matkan keskipituudeksi tulee 21,5 km per päivä.

Peregrino, joksi pyhiinvaeltajaa kutsutaan, kerää päivittäin pyhiinvaelluspassiinsa kaksi leimaa matkan varrella olevista majoitus - tai ravitsemusliikkeistä. Näin hän voi perillä todistaa kulkeneensa koko matkan jalkaisin ja hänelle myönnetään diplomi suorituksestaan. Näin myös testitulos on luotettava. Peregrinon odotetaan elävän caminolla seitsemän periaatetta ohjenuoranaan. Ne ovat yksinkertaisuus, hiljaisuus, hitaus, huolettomuus, jakaminen, vapaus, hengellisyys. Testihenkilömme joutuu siis sopeutumaan paitsi fyysisiin, myös henkisiin harjoituksiin. Caminon reitit ovat yleensä merkityt joko erivärisin nuolin tai simpukkasymbolein. Välillä myös ns. kilometripylväillä, joissa on merkitty kuljettu matka sekä jäljellä oleva matka määränpäähän, Santiagoon.

Majoittuminen etappien välillä hoituu majataloissa eli albergueissa. Ne ovat joko julkisia tai yksityisiä. Niissä voi viipyä vain yhden yön kerrallaan. Koska majatalot ovat edullisia, joutuu mukavuustekijöistä tinkimään. Yhdessä makuusalissa saattaa olla toistakymmentäkin yöpyjää, miehet ja naiset sekaisin. Pimeimpinä yön tunteina voi kuulla kuorokuorsausta, joten herkkäunisimmille suositellaan korvatulppia. Lisäksi majataloissa on yhteiskeittiöt, suihkut, vessat ja pyykinpesumahdollisuus. Kommuunielämää aidoimmillaan! Toivottavasti uni tulee testihenkilöllemme nopeasti, jotta hän jaksaa suoriutua seuraavan päivän urakasta.

Kun takana on muutama vaelluspäivä ja kilometrejä kohtuullisesti, aamupalan jälkeen rinkan pakkaaminen ja lähtö tien päälle käy jo rutiinisti. Ensimmäiset kilometrit menevät rinkan painoon totutellessa. Pitkillä tasaisilla taipaleilla olkapäissä alkaa ilkeästi kaihertaa ja asentoa täytyy vaihtaa tämän tästä. Ylämäissä kaikki huomio kiinnittyy tasatahtiseen etenemiseen vaellussauvoja apuna käyttäen. Hengityskapasiteetti toimii silloin täysillä ja hiki nousee otsalle ja selkään. Välillä kengissä saattaa pikkuvarpaiden puolella tuntua ikävää jomotusta. Silloin joka askel sattuu ja kävelystä tulee taaperrusta. Tässä tilanteessa kengät ja sukat pitää ottaa pois. Nyt rakkolaastareille on käyttöä. Niiden asennus saattaa hieman helpottaa oloa. Illalla jalat voivat olla kuin tulessa mutta kylmä vesi usein helpottaa asiaa.

Kun myöhäinen iltapäivä koittaa, odotukset majapaikan nopeasta löytymisestä kasvavat. Päivän viimeinen tunti näyttää olevan vaikein. Eteneminen on hidasta. Iltapäivän aurinko paahtaa täysillä ja olo on uupunut tai koko päivän jatkunut sade on kastellut kaiken ja siksi olo on turta.

Eräänä päivänä sataa kaatamalla ja tuuli vielä painaa sateen vaakasuoraan kohti. Testihenkilömme on taivaltanut sinä päivänä yli 25 km, kun hän vihdoin saapuu majataloon illan hämärissä. Sadeviitasta huolimatta olo on kuin uitetulla koiralla. Majatalo on jo lähes täynnä, mutta onneksi vielä yksi petipaikka löytyy. Albergue sijaitsee ison rakennuksen kellarikerroksessa, jossa ei ole kunnon ilmanvaihtoa. Kosteutta on kaikkialla, lasit huurussa ja ilma tunkkainen. Suihkusta tulee kylmää vettä. Ihmiset kuljeskelevat sisällä levottomina edestakaisin. Sateinen päivä ja ankeus ovat tehneet olemisesta epämiellyttävää.

Testihenkilö toteaa kenkien kastuneet myös sisäpuolelta, eikä ole toivoakaan saada niitä kuivaksi aamuun mennessä. Huonosti nukutun yön jälkeen hän herää aamulla hyvissä ajoin. Keittää teeveden ja aloittaa aamupalan. Samassa koko majatalosta menee sähköt. Ulkona on vielä pimeä, joten taskulamppu esiin! Kengät eivät ole kuivuneet, joten seuraavat pari päivää hän kulkee märissä kengissä.

Joskus reittien kulkua näyttää olevan vaikea seurata koska joka risteyksessä ei välttämättä ole merkkiä siitä minne pitää seuraavaksi mennä. Harha-askeleita voi joutua ottamaan kuuman, pitkän päivän lomassa. Myös ohjeistus perinteiselle reitille voi tehdä turhan, ylimääräisen kieppauksen, vaikka suoraa tietä kulkien päästään samaan päämäärään.

Tällä kerralla testihenkilömme on tulossa loivaa pitkää mäkeä ylös. Mäen päällä nuoli näyttää vasemmalle. Siinä on maantie, jota pitkin hän lähtee kulkemaan. Kohta hän huomaa caminon kulkijoita menossa kanssaan samaan suuntaan mutta maantien vieressä olevaa pikkutietä. Hän tajuaa olevansa väärällä tiellä. Hetken mielijohteesta testihenkilömme lähtee oikaisemaan pikkutielle ruohikon poikki. Maasto on viettävää ja testihenkilömme joutuu ottamaan muutaman juoksuaskeleen. Juuri kun hän on pääsemässä pikkutielle jalka jää kiinni piikkipensaaseen. Tämän seurauksena testihenkilömme lentää kaaressa kasvot ensimmäisenä maata viistäen. Silmäkulma auki ja verinaarmuja siellä täällä. Housut rikki polven kohdalta. Aurinkolasit ja aurinkohattu karkaavat päästä. Valkoinen t-paita tahriintuu veriroiskeisiin. Verta alkaa valumaan holtittomasti silmäkulmasta. Maahan osuessaan testihenkilö voihkaisee kuuluvasti ja saa pari kanssavaeltajaa katsomaan taakseen. Heidän nopea toimintansa on kuin suoraan Teho-osasto sarjasta: rinkan irrotus selästä, haavojen puhdistus ja sidonta, sekä kipulääkkeen anto. Kaikki sujuu ammattilaisten ottein. Pian testihenkilömme onkin jalkeilla ja matkalla kohti uusia seikkailuja!

Kahdentoista päivän camino lähenee päätöstään. Saapuminen Santiagoon nostaa tunteet pintaan. Vielä diplomin hakuun ja osallistuminen katedraalin messuun. Sitten kotimatka voi alkaa.

Yhteenvetona toteamme testihenkilön selvinneet erittäin hyvin pienistä vastoinkäymisistä huolimatta. Testimatkasta tehdyn johtopäätöksen mukaan voimme suositella testihenkilöä seuraavaksi testaamaan hieman enemmän hengästyttävää, 800 km vuoristoreittiä!

Huolella suunniteltu joulu
Reetta Nurmi

Tihkusateisena torstaina olin järjestelemässä luonnonkivikokoelmaani, kun sain viestin liito-oravalta. Ne oli supin kanssa tulossa tänne suunnittelemaan joulua.

Kohta ovikello soi ja niiden seuraan oli liittynyt punavyöseitikki, joka otti tehtäväkseen kirjata kaikki ylös ja tallentaa.

Pässi oli jo lentänyt Tongalle hiihtämään putkeen. Se sai peruutuspaikan. Kirjoitti kuitenkin, että siellä on kovasti vetistä ja kadut tulvii.

Päätimme antaa kaikille joulupussin. Liito-orava halusi tuulihattuja ja kaikki äänestivät lakritsipiippujen puolesta. Niitä piti varata 183. Supi halusi silmänympärysvoidetta.

Kuorolaulua voisivat esittää kottaraiset jos ne olivat vielä maassa. Elävää musiikkia toivottiin ja Kanttarelli laulaisi soolon ja hankkisi elämyslahjat jotka saivat vahvan kannatuksen. Jos kiiltomadot ripustautuvat oksille on tunnelma katossa. Äskettäin työttömäksi jäänyttä ruohonleikkuurobottia päätimme ilahduttaa eteerisillä öljyillä.

Kaikki olivat suunnittelusta uuvuksissa. Supi niin, että sen sai kantaa pesäkoloonsa talviunille. Se eli sukupolvien kuilussa. Lahja annettaisi sille vasta keväällä.

Toivotimme kaikille:
> munaisia makkaroita
> rasvaisia kakkaroita
> lihaisia pasteijoita
> kinkkuja ja kalkkunoita
> aladoobia ja haudikkaita
> kiisseleitä hyytelöitä
> voisarvia ja vannikkeita
> iloisesti yhdessä tai erikseen
> kaikki teitä ravitkoon
> viini myöskin virratkoon

Sade oli muuttunut jäätäväksi tihkuksi. En pistänyt edes nokkaani ulos, pelkäsin pyrstösulkieni puolesta.

Pukki tuli etuajassa. Juhlat olivat riemukkaat ja kaikki elivät elämänsä loppuun.

Matkoja lähelle ja kauas

Kohtaaminen Veronassa
Mirja Lasila

Menen tuttuun ravintolaan, joka näyttää olevan lähes täpötäynnä.
Aikaisemmalla käynnillä ihastuin viihtyisään miljööseen ja herkullisiin ruokiin.
Lyhyen etsinnän jälkeen löydän paikan pöydästä, jossa istuu ikääntynyt
pariskunta. Tuntuu hyvältä päästä lepuuttamaan jalkoja päivän kaupungilla
ravaamisen jälkeen.

Puhe käy vilkkaana. Ravintola on täyttynyt niin paikallisista kuin
turisteistakin. Italialainen temperamentti näkyy ja kuuluu. Kielten sekamelska
on melkoinen. Tunnistan ainakin englannin, saksan ja ranskan kielet.
Ruoantuoksut tuovat veden kielelle ja jazzmusiikki taustalla luo viihtyisää
tunnelmaa.

Huomioni kiinnittyy nurkkapöydässä yksin istuvaan mieheen. Hän istuu
selin minuun. Miehen vilkaistessa taakseen, tunnistan hänet. Mies on
samassa suomalaisten matkaseurueessa kuin minäkin. Edellisenä päivänä
olimme käyneet Venetsiassa, Muranossa ja Buranossa, satumaisilla saarilla.
Tänään kävimme Veronassa Romeon ja Julian kohtaamispaikalla sekä
maineikkaalla Areenalla. Olin kiinnittänyt tähän mieheen huomion kaikilla
noilla retkillä. Hän on ollut hyvin syrjään vetäytyvä, omissa oloissaan.
Olemme majoittuneet samassa hotellissa, siellä olen nähnyt hänet ainoastaan
aamiaisella. Yhtenä aamuna hän tuli samaan pöytään jossa meitä oli
kymmenisen muuta suomalaista. Tuolloinkin hän oli enemmän sivusta
seuraajan roolissa kuin äänessä. Vaihtoi tosin muutaman sanan kanssani.
Iltaisin vietimme eri kokoonpanoilla hauskoja hetkiä joko omassa hotellissa tai
kävimme kaupungilla syömässä. Mies ei ollut koskaan mukana.
Mies katsahtaa taakseen, huomaa minut ja nyökkää tuskin havaittavasti
tervehdykseksi. Olen lopettanut ruokailun, maksanut laskuni. Sen sijaan että
lähtisin pois, rohkaisen mieleni ja päätän mennä jututtamaan miestä. Mieltäni
askarruttaa miksi hän on niin eristäytynyt muusta porukasta. Luontainen
uteliaisuuteni ihmisiä ja ennen kaikkea ihmiskohtaloita kohtaan nostaa
päätään. Nousen pöydästä ja kävelen miehen luo.
- Anteeksi, mutta voinko istua seuraksesi? kysyn varovasti.
- Ole hyvä, vastaa mies ilmeettömästi.

Istuutuessani pöytään, pienoinen hymy häivähtää miehen kasvoilla, jotka muuten ovat kuin kivettyneet. Mies on siististi pukeutunut, asiallisen oloinen, tummasankaiset silmälasit, iältään ehkä kuudenkympin kieppeillä. En ole enää yhtään varma oliko tämä pöytään tulo viisas teko minulta. Tungettelenko? Tai ehkä mies ymmärtää väärin tuppautumiseni hänen seuraansa.

- Tämä on sitten matkan viimeinen päivä. Harmi että lento on niin myöhään illalla, totean kuin keskustelun avaukseksi. - En enää viitsinyt lähteä kaupungille ystävieni kanssa, joten päätin tulla nauttimaan vielä kerran maineikasta italialaista pastaa. - Mitä olet pitänyt matkasta?, kysäisen tunnustellen.

- No, matka on tehnyt ehkä sen tehtävän mitä odotinkin.

- Mitä siis odotit matkalta?

- Aikaa koota itseäni, ajatella ja selkiyttää asioita ja tehdä ratkaisut tulevaisuuden suhteen.

Miehen äänensävy on kireähkö, huolestunut mutta päättäväinen. Enpä taida enää uskaltaa udella enempää. Kaduttaa että ylipäätään tulin tähän pöytään. Ehkäpä mies haluaa edelleen olla vain yksin ja kokee minut tungettelijaksi.

- Voinko tarjota sinulle jotain?, mies kysyy yllättäen. - Koska meillä on aikaa runsaasti lennon lähtöön, voinemme istua täällä. Sopiiko sinulle? Viikon funtsittuani olisi jo aika ja tarve puhua ja vaihtaa ajatuksia.

- Kiitos, sopiihan se. Espresso maistuisi näin jälkiruokana hyvin.

Siemailemme espressojamme ja hetken hiljaisuuden jälkeen mies avaa keskustelun. Hän esittelee itsensä etunimellä ja kertoo asuvansa pienellä paikkakunnalla Turun tuntumassa. Työkseen hän opettaa paikallisessa lukiossa. Perheeseen kuuluu vaimo ja 19-vuotias tytär. Esittelen niinikään itseni, asuinpaikkakuntani ja kerron lyhyesti työstäni ja perhesiteistäni. Huomaan pian, että keskustelu välillämme sujuu luontevasti. Tuntuu kuin kyseessä olisi vanha tuttu. Mieltäni askarruttaa kuitenkin, mikä on pielessä miehen elämässä. Vai onko sittenkään mikään? Mitkä ovat mainitsemansa tulevaisuuden suunnitelmat?

- Oletko koskaan joutunut tekemisiin alkoholiongelmista kärsivän läheisen kanssa? - En tarkoita vain pientä tissuttelua, vaan todellista ongelmaa, mies kysyy.

- En varsinaisesti, mutta sivusta seurannut ja nähnyt karmeitakin kohtaloita.

- Vaimollani valitettavasti on jatkuvasti paheneva alkoholiongelma. Juominen oikeastaan alkoi jo 19 vuotta sitten jolloin tyttäremme syntyi. Kulisseja on pidetty pystyssä. On kokeiltu jos jonkinmoiset myllyhoidot ja klinikat. Välillä on ollut raittiita kausia ja tuolloin hän on mitä rakastettavin vaimo ja äiti. Lupauksen raittiudesta hän pettää kerta toisensa jälkeen. Nolaa käytöksellään niin itsensä kuin kaikki läheisensä. Humaltuneena hän on aggressiivinen, vainoharhainen ja mustasukkainen. Nyt mittani on tullut täyteen. Olen tyttäreni kanssa keskustellut paljon asiasta. Olemme tulleet siihen tulokseen että ero on ainut järkevä vaihtoehto. Jospa vaimo siinä vaiheessa heräisi. Tytär lähtee opiskelemaan Helsinkiin ja itse olen suunnitellut muuttavani asuinpaikkakuntaa. Tuntuu ehkä julmalta mutta rajansa on minunkin kärsivällisyydellä. Kun nyt päätös on tehty, siitä voi jo puhua. Mies lopettaa monologinsa ja pyytää anteeksi avautumistaan täysin tuntemattomalle ihmiselle.

- Niin, joku viisas on sanonut, että paras rakkaudenteko alkoholisoitunutta puolisoa kohtaan on ero. Ei mitään anteeksipyydettävää. Olen pahoillani kohdallesi osuneesta tragediasta. Toivon että uusi käänne elämässänne johtaa kaikkien osalta parhaaseen mahdolliseen lopputulokseen.

- Näin toivon itsekin. Olen yllättynyt miten helppoa oli nyt puhua asiasta, mies sanoo. Kauan olen ratkaisua miettinyt mutta nyt on tekojen aika. Pari tuntia onkin vierähtänyt tässä turinoidessa. Sopiiko että lähdemme samaa matkaa kokoontumispaikalle kentälle lähtöä varten.

- No, miksikäs ei.

Pizza Margherita

Eila Jokinen

Miten mieletön systeemi tällä ravintolalla on! Että pitää nyt seisoa kadulla jonottamassa jonotusnumeroa päästäkseen syömään pizzaa! No, minä seisoin siinä pölyisellä napolilaisella kadulla, kuuntelin edessäni ja takanani seisovien puheen pulinaa. Monenlaisia kieliä siinä kuuli, mutta ei yhden yhtä suomen sanaa. Miten ihmeessä niin voi ollakin, kun meikäläisiin pohjoisen asukkaisiin yleensä törmää kaikkialla silloinkin, kun ei ole mukana seuramatkalla. Ja varsinkin silloin, kun vähiten arvaisi. Niin kuin silloin kun kiipesin Kilimanjarolle, niin eikös vaan vastaan saapastellut maanmies ,vieläpä tuttava.. Todettiin, että sinä se olet vasta tulossa ylös, minä jo kämpille menossa.

Mutta nyt ei olla Afrikassa, vaan Italiassa pyrkimässä pizzeriaan pizzalle. Sain jonotusnumeroni puoli tuntia sitten. Tässä seison kourassa lappu, johon on paksulla mustalla tussilla tehdyt numerot. Vilkaisen sitä. 101. Kova myynti täällä on ollut. Lasken edessäni seisovat: enää neljä, sitten minäkin pääsen sisään. Nälkä on ja suuta kuivaa. Kylmä olut olisi nyt poikaa. Jono liikkuu. Mitä ne huutavat? Chentuno? Satayksi, minun numeroni.

Kiipeän portaat. Ravintolasalissa ottaa vastaan paahtava kuumuus, jota puu-uunista hohkava punaisuus vahvistaa. Miksi pirussa piti tulla tänne juuri tähän aikaan päivästä, kun ulkonakin lämpö heittelee lähellä kolmeakymmentä astetta. Vaan kun ystävät Suomessa kuulivat, että aion avioeroni kunniaksi viettää pari viikkoa Napolissa, he sanoivat että ehdottomasti on käytävä La Michelessä syömässä Margherita. Se on maailman paras pizza. Tässä sitä sitten ollaan.

Tarjoilija viittoo minulle pöydän. Hädin tuskin mahdun täpö täysien pöytien välistä sinne puikkelehtimaan. Työntää ruokalistan eteeni. Hassu lista: vain kaksi valittavaa, Marinera tai Margherita. Osoitan sormella jälkimmäistä. Tilaan oluen, mutta no, no singnore! Täällä voi tilata vain vettä, limonadia tai CocaColaa. Valitsen kokiksen ja kummastelen viinimaan oudon laihaa ruokajuomavalikoimaa. Tilaus tulee kuitenkin pian. Pizza näyttää herkulliselta ja tuoksuu juustolle ja basilikalle. Kaikki olisi täydellistä ilman tätä ahdistavaa kuumuutta ja puuttuvaa olutta – tai edes lasillista hyvää punaviiniä. Tähän nyt on tyytyminen.

Olen ollut kaupungissa kolme päivää. Olen kiertänyt keskustan katuja, käynyt Napolinlahdella, istahdellut katukahviloihin seuraamaan ihmisvilinää. Eilen eksyin laitakaupungille. Kun kerroin seikkailustani hotellilla, respa kauhistui. Ei sinne pidä mennä, siellä on vaarallista.

- Camorra! kaunis virkailija kuiskasi. - No no, signore, sinne ei pidä mennä.

En viitsinyt kertoa, että neljä vuotta sitten jopa asuttiin vaimon kanssa sillä alueella kokonainen viikko, eikä kukaan meitä häirinnyt. Ystävällisiä ihmisiä, ei meitä kummempia. Camorrasta kuiskattiin muutaman kerran, mutta mitään ongelmia ei ollut.

Nyt ei ole vaimoa matkassa eikä muutenkaan. Laitettiin lusikat jakoon. Vaimo löysi työpaikan ja miehen jostain Etelä-Afrikasta. Minä jäin pojan ja omakotitalon kanssa Suomeen. En kuitenkaan ruikuttamaan. Poika on nyt mummolassa, että pääsin lomalle. Ensi vuonna tehdään yhteinen matka, kun hän täyttää viisi. Lyötiin kättä päälle siitä lupauksesta. Ei ehkä sentään tänne.

Minä pidän Napolista. Tämä on ruman kaunis, lempeän karhea kaupunki. Sykkii elämää ympäri vuorokauden, mutta en tiedä, mitä täällä voisi lapselle olla. Vaimo tietäisi, jos vielä olisi vaimo, vaan kun ei ole.

Tämä pizza on hyvä, mutta liian suuri. Kokis loppui jo. Pitää tilata uusi. Kuumuus läähättää ympärillä. Puhetta, puhetta, puhetta. Minulla on yksinäinen olo. Tarjoilija ohjasi minut pöytään, joka on melkein suoraan uunin edessä.
- Hyvä paikka, signorina.

Liekit heittävät väriseviä varjoja pöydälle ja paljaalle kasivarrelle. Kuumaa! Yritän katsella pöytiä, jotka olisivat edes hiukan kauempana uunista. Kaikki näyttävät olevan tupaten täynnä.

Tuossa, tuon kovaäänisen seurueen viereisessä pöydässä istuu mies yksinään. On se niin väärin antaa yhdelle ihmiselle ihan oma pöytä. Minä kyllä valtaan siitä toisen puolen.
- Tarjoilija! Tarjoilija!

Mies tulee pitkässä mustassa esiliinassaan, kysyy huolestuneena mikä on vikana, onko ruoassa moittimista. Ja minä, että kaikki on hyvin, mutta huomasin tuolla kauempana vanhan ystäväni. Haluan mennä hänen pöytäänsä istumaan ja juttelemaan. Kaksi tuttavaa täällä, kaukana kotoa sentään.

Tarjoilija katsoo kummastuneena, mutta suostuu kantamaan lautaseni siihen pöytään, missä tuntematon mies istuu. Minä pujottelen hänen edellään. Pysähdyn pöydän ääreen, kumarrun antamaan kevyen suukon vieraalle poskelle ja kujertelen, miten ihanaa on tavata pitkästä aikaa. Tarjoilija laskee lautaseni pöydälle, kumartaa ja poistuu paikalta. Mies katsoo minua yllättyneenä, rypistää ärtyneen näköisenä otsaansa.
- Mitä hemmettiä tämä tarkoittaa? Hän ärähtää englanniksi. -Kuka te olette?
- Maija Suomesta, vastaan.- Anteeksi, että tunkeuduin, mutta minun oli ihan pakko päästä pois tuon uunin edestä. muuten olisin kohta muuttunut pihviksi. Vain tässä pöydässä näytti olevan tyhjää.

Mies katsoo oudostellen, mitä se tuijottaa. Ihan tavallisen näköinen Maija minä olen. Ei tarvitsisi virnuilla, kun ei itsekään miltään Adonikselta näytä.
- Antakaa minun istua tässä tämän ruoan loppuun, pyydän. - Lähden sitten. Nyt se puhkeaa nauruun..Hohottaa suorastaan.
- Vai Maija Suomesta!

Herranen aika, se puhuu suomea! Se on suomalainen. Mitä minä menin
tekemään vain kuuman uunin takia. Uunin jättämä puna kasvoillani syventyy
aidoksi häpeän punaksi.
- Olen pahoillani. Anteeksi, mutta minun oli ihan pakko päästä edes vähän
viileämpään paikkaan istumaan. En halunnut jättää ruokaa kesken, sen kerran
kun tähän paikkaan pääsin sisään. Tänne on kauheat jonot, huomasitte
varmaan.
- Huomattu on. Ensi kertaa elämässäni jonotin syömään pääsemistä kahteen
kertaan. Ensin kadulla ja sitten vielä vähän aikaa tuossa ovella.
- Se systeemi on varmaan yksi tapa lisätä paikan mainetta. Samoin kuin tuo
hassu ruokalistakin.
- Kuinka kauan olette ollut täällä Napolissa?
- Viikon. Palaan kotimaahan kymmenen päivän kuluttua, loma loppuu.
- Kymmenen päivää minäkin täällä vielä olen. Sitten on palattava sorvin
ääreen ja pojan luokse.
- Pojan? Jäikö hän kotiin äidin kanssa? Kas kun ette ole matkassa koko perhe.
- Pojan äiti asuu Johannesburgissa. Me olemme eronneet. Itse asiassa
virallinen ero tuli voimaan viime huhtikuussa.
- Yksinhuoltajaisä siis. Ja eronnut. Minä en ole koskaan ehtinyt alttarille
saakka, vaikka on noita suhteita muutamia ollutkin. Ihan oikeasti ei vaan ole
kolahtanut.
(Jos se yrittää vikitellä minua, niin turha on toivo. Minähän en naisiin enää
haksahda. Vaikka mukavan välittömältä se tuntuu.)
(Huh huh, isäihmiseenkö tässä törmäsin tahtomattani. Mutta onneksi tämä
on vain lyhyt aika ravintolan pöydän ääressä. Pizza on kohta syöty ja sitten
tämä tyttö lähtee kaupunkia tutkimaan. Voisin mennä vaikka Vesuviukselle.)
- Mitä pidätte Napolista, Maija Suomesta?
- Minähän pidän, ainakin näin ensi käynnillä se kiehtoo. Ruma ja kaunis, häly
ja hiljaisuus, vanha ja uusi kaikki täällä rinnakkain. Luulen, että voisin tulla
toisenkin kerran.
- Minä olen käynyt jo kolmasti. Viimeksi oltiin vaimon – tai siis exän kanssa.
Kävin eilen paikassa, jossa olimme kolme vuotta sitten. Vain kolme vuotta, ja
kaikki on muuttunut. Oli olo kuin haavoja nuolevalla koiralla.
- Varmaan surullista. Mutta lomalla ei pidä ajatella ikäviä asioita. Minä aion
lähteä katsomaan, miltä Napoli vaikuttaa huippu hyvän pizzan jälkeen. Siesta
on ohi, kaikki paikat ovat taas auki.
- Mihin aiotte suunnata tästä?
- Tuumasin käydä Vesuviuksella, miten ylös siellä nyt sitten pääseekään.
- Minäkin suunnittelin käymistä siellä. Entä jos mentäisiin yhdessä. Otetaan
taxi. Sillä pääsee aika korkealle, mutta kiipeämistäkin vielä jää ihan riittävästi.
En suosittele täällä yksinäiselle naiselle yksinäistä taximatkaa. Se voi olla
vaarallista. Minun nimeni on muuten Pekka Pelkonen. Ihan luotettava kaveri,
vaikka itse sen sanonkin.

He lähtevät. Kulkevat ohi kuuman puu-uunin, laskeutuvat portaat kadulle.
Napoli kuohuu ja kuplii elämää. Taivas on korkea ja sininen. Kaukaa sinisessä
usvassa näkyy tulivuori.

Stressaava junamatka

Reetta Nurmi

Syksyllä vuonna 1962 olin saanut ensimmäisen työpaikkani Valtimolta, Pohjois-Karjalasta Paikkakunta on kaunis vaaroineen, järvineen ja suurine korpisoineen. Tutustuin innokkaasti kirkonkylää ympäröiviin jylhiin maisemiin tekemällä pitkiä kävelylenkkejä.

Erään kerran kuljin pienen talon ohi, missä pihalla aitauksessa räksytti neljä ihanaa karkeakarvaista mäyräkoiraa. Yksi oli punaruskea ja kolme muuta harmaanruskeita sutipartoja. Olin aina haaveillut omasta koirasta. Päätin astua portista ja mennä tutustumaan taloon. Naisääni huusi sisältä, että ei ne vihaisia ole, ainoastaan miehille.

Nainen kasvatti koiria ja kertoi, että koulupojat olivat joskus ärsyttäneet niitä mennessään ohi ja kivittäneet. Kaikkia koiria ei oltu vielä myyty ja tykästyin heti kaikkein yrmyimmän näköiseen. Emäntä sai minut puhuttua ympäri ja niin poistuin koiran kanssa koeajalle. Annoin sille nimeksi Silla ja se oli tosi ihana. Kotiutui heti.

Koira osoittautui kuitenkin aika ongelmalliseksi, se todella vihasi kaikkia miehiä ja jos sai suinkin tilaisuuden iski hampaansa oitis nilkkaan. Ajattelin, että saan sen kasvatettua mutta vielä mitä. Lepattavat teryleenihousut olivat sille punainen vaate.

Läheltä piti tilanne oli kerran. kun henkivakuutusmies soitti ovikelloa ja halusi sitkeästi esitellä tarjouksiaan. Moneen kertaa vakuuttelin ovenraosta etten tarvitse vakuutusta ja toisella jalalla työntelin vihaista koiraa joka oli valmiina hyökkäämään miehen nilkkaan.

Pahempi oli tilanne jehovantodistajan kanssa, joka tarjosi Vartiotornia ja pelastusta. Kannessa luki "Kaikki eivät pelastu." Sieppasin ovenraosta lehden, kiitin ja sanoin, että tiedän, tiedän. Vedin oven kiinni. Koira oli raivon partaalla. Mies koputti oveen ja kun taas raotin vähän, sanoi, että rukouskokous on Holopaisella lauantaina klo 14.00. "Hyvä juttu" sanoin ja suljin oven, mutta mies rupesi tunkemaan lehtisiä postilaatikosta. Se oli koiralle viimeinen pisara, se suorastaan huusi raivosta ja repi esitteitä kappaleiksi.

Lähellä joulua koira rupesi käyttäytymään muutenkin omituisesti. Se söi kaksinkertaisesti, tissit kasvoivat ja se kaivautui aina sängyn päiväpeiton ja tyynyjen alle. Kysyin neuvoa kasvattajalta. Hän arveli, että se voi olla tiineenä. Kauhistuin, koska olin tilannut jo junaliput joululomalle vanhempieni luokse Orimattilaan. Enkö pääsisikään kotona käymään.. Koira oli sen verran turvoksissa, että otaksuin jälkikasvua tulevan runsaasti.

Loma läheni ja viimeisenä päivänä ennen lähtöä tullessani töistä koira oli kaivautunut patjan alle. "Synnytys on alkanut" siunailin, mutta ei vielä näkynyt mitään hälyttävää. Ajattelin, että en voi perua matkaa, on otettava se riski, että synnytys tapahtuu vaikka makuuvaunussa.

Valtimolta piti ensin mennä "lättähatulla" Kontiomäkeen ja sieltä nousta kaukoliikenteen junaan ja makuuvaunuun.

Pakkasin toiseen laukkuun steriloidut sakset, kasan pyyheliinoja ja vessapaperia. Koiran tungin isoon kassiin, jorka sai vetoketjulla kiinni niin, että jäi vain pieni hengitysaukko.

Kontiomäen asemalla siirryin kahta isoa kassia raahaten toiseen junaan ja rukoilin mielessäni, ettei paikalle sattuisi ketään herrasmiestä joka tarjoutuisi auttamaan kantamisessa.

Selvisin makuuvaunuun, missä ei ollut ketään, ei ketään vaikeasti koiralle allergista, ei ketään. Rukoukseni oli kuultu.

Kampesin koiran yläpetille ja pelkäsin, että se saa paniikkikohtauksen siellä katonrajassa ja hyppää alas , loukkaa vähintään jalkansa tai jotain vielä pahempaa.

Ei, koira asettui petille nukkumaan niin kuin se olisi ollut maailman luonnollisin asia: junan kolkutus ja ryskytys. Minä en kuitenkaan uskaltanut nukkua koko yönä. Pitelin pilettiä kourassani valmiina ojentamaan sen heti konnarille, kun se tulee kysymään lippua. Pelkäsin, että koira saa taas raivarin.

Kuopiosta hiippaili joku nainen alapetille ja se sujui normaalisti, koira nukkui kuin tukki. Hyvää tuuria oli vielä se, että nainen poistui junasta ennen meitä, Kouvolassa. Konnari sai lippunsa aamuyöstä hiljaisesti ja kaikki meni hyvin. Poistuimme aamulla Lahden asemalle ja siirryimme taas "lättähattuun" joka vei Orimattilaan.

Perillä ei koiran tiineydestä ollut tietoakaan. Luin jostain opaskirjasta, että koirilla voi esiintyä valeraskautta. Se oli täyde linen valeraskaus.

Lähtö

Hannele Varpila

Isä seisoo hiljaisena asemalaiturilla. Olen junassa, lähdössä opiskelemaan Helsinkiin. Hetkellä, jolloin toiveeni on toteutumassa, haluaisin syöksyä ulos ja kertoa isälle kuinka hyvä ja rakas hän on. Vilkutan ja varmistan, että kartta ja puhelinrahat ovat siellä missä pitääkin.

Juna lähtee, mutta hiljentää hetken päästä vastaantulevan liikenteen vuoksi. Ikkunasta näkyy suuri ja syvä pakoneva.

Olen pikkukoululainen ja kyykkysilläni mummolan karjakeittiön avoimen tulipesän edessä. Paavo laittaa uuden mättään tulipesään ja hetkessä mätäs on täynnä pieniä punaisena hehkuvia täpliä. Turpeen poltto on hienoa katseltavaa. Alfa-Laval lypsykoneen tykytys ja lehmien rouskutus tuntuivat juuri sopivilta tulen ääneen sekoittuneina. Turve oli uskoakseni pakonevalta.

Samoihin aikoihin isoisä kertoi, että isonvihan aikana asukkaat pakenivat venäläisiä pakonevan keskellä olevalle isohkolle kohoumalle turvaan. Siellä olivat valmiina suojat ihmisille ja eläimille, polttopuita ja muuta välttämätöntä. Salassa pidettävä hyvin kapea polku oli ainut reitti ja sitä kulkivat ihmiset tavaroineen ja hevoset suokenkineen. Kotieläimiäkin koitettiin saada mukaan, jotta elämä voisi jatkua.

Lapsuus läikähtää vahvana mielessäni. Ymmärrän, että ulkoisesti olen lähtenyt mutta sisäisesti vain venyn entisestä uuteen.

Helsingin rautatieasemalla levitän kartan ja yritän päästä selville mihin päin yhdistettyä liina-taloustavara ja vaatekassia pitäisi lähteä kuljettamaan.

Suokurssi

Janne Sipponen

Maatalous- ja metsätieteellisessä tiedekunnassa oli menossa suokurssi. Siellä opittiin, että Suomi on maailman kuudenneksi soisin maa. Pinta-alasta on suota noin neljännes. Lisäksi suot oli mahdollista luokitella moniin eri tyyppeihin esim. korpi tai räme. Professori o i pitänyt aiheesta innostavia luentoja ja saanut kaikki ahkeroimaan kovasti. Vuoden teoreettisen opiskelun jälkeen kurssi oli ensi kertaa jalkautumassa maastoon näkemään erilaisia soita luonnossa.

Mattia maastoon lähteminen hiukan jännitti. Hän ei kaupunkilaisena ollut tottunut juuri luonnossa liikkumaan. Toisaalta halu lähteä tutustumaan kehä kolmosen takaiseen maailmaan oli saanut Matin opiskelemaan maatalous- ja metsätieteellisessä. Samalta luokalta lukiossa kaikki muut olivat menneet kauppakorkeaan, lakia lukemaan tai teknillisiin opintoihin. Tuntui, että opinnot olivat liikaa keskittyneet luonnon hyväksikäyttöön eikä sen suojelemiseen. Matti halusi olla idealisti ja edelläkävijä, joka tuo luontokokemuksia myös tavallisen pääkaupunkilaisen ulottuville. Suokurssilla opetettiin, että turpeeseen oli Suomessa sidottu saman verran energiavaroja kuin Norjalla Pohjanmeren öljyyn. Se herätti uonnonsuojelija Matissa tiettyä ylpeyttä, koska suomalaiset tuntuivat aina kadehtivan öljystä vauraita norjalaisia.

Bussi lähti aamuviideltä kohti Pohjanmaata, jonka suot oli valittu tutustumisen kohteeksi. Vierustover ksi sattui maatilaperheen kasvatti, jolla oli selkeä isänmaallinen näkökulma maatalousasioihin. Ei haittaa vaikka rahaa kuluu monta miljardia maatalouden tukemiseen. Omavaraisuus antaa suojaa maailman kriiseiltä kun ruuassa ja energiassa ei tarvitse tukeutua muihin maihin. Vierustoveri jaksoi puhua nä stä asioista monta tuntia.

Ensimmäisenä tutustumiskohteena oli turvetuotantoalue Kauhavalla. Siellä traktorit pöllyttivät tasaisen ruskean alueen pintaa keräten säiliöihin kasvien jäänteistä koostuvaa massaa. Ruskea alue tuntui ulottuvan lähes horisonttiin asti. Matti hätkähti näkyä. Se ei todellakaan ollut se luontoelämys, jonka hän halusi välittää kaupunkilaisille.

Kotona Matti luki Suonsilmäkeuijat ry:n toimijoista, jotka puolustivat kuivatettavia soita pulahtamalla niihin uimaan estääkseen ojittamisen. Suonsilmäkkeet olivat kuitenkin vaarallisia paikkoja. Viime vuonna yksi järjestön jäsenistä oli melkein hukkunut suohon. Hänet saatiin pelastettua ainoastaan elvytyksellä. Matti päätti eti liittyä yhdistyksen toimintaan. Hän oli kova uimari ainakin hallissa eikä pelännyt riskejä.

Pohjanmaan vielä luonnontilaiset suot on pelastettava! Matti yhdessä viiden muun märkäpukuisen aktivistin kanssa pulahti lapualaiseen rämeikköön. Poliisilla ei ollut varusteita hakea heitä sieltä pois. Kaivinkoneet joutuivat seisahtamaan. Yksi suo oli ainakin vähäksi aikaa saatu pelastettua.

66

Risteilyllä

Tapio Korri

Taisto ja Inkeri päättivät varata Tukholman risteilyn lokakuun toiselle viikonlopulle. Silloin ei tarvitse olla töistä pois ja sunnuntaikin olisi vielä toipilasaikaa reissusta. Inkeri halusi liittyä myös ViginLineClub:n jäseneksi. Työkaveri oli sitä suosittanut. Laivan lähtöaika perjantai iltapäivästä sopi oikein hyvin. Junalla ensin Helsinkiin ja sieltä Katajanokan terminaaliin. Taisto ei ollut paljon matkustellut, joten Inkeri saisi hoitaa käytännön järjestelyt. Hän olikin saanut selville, että Mannerheimintien pysäkiltä täytyi ottaa raitiotievaunu 4 T, joka menee suoraan Katajanokan terminaaliin.

Matkalaiset saapuivat hyvissä ajoin lähtöselvittelyyn. Kahden hengen hytti oli varattu kannelta yhdeksän. Illan buffet ruokailua he eivät muistaneet varata, vaikka saihan varauksen tehdä myöhemminkin. Nyt kuitenkin näytti siltä, ettei ensimmäiseen kattaukseen ollut enää paikkoja. Taisto hieman hätääntyi tilanteesta. Hän oli ollut lähdössä risteilylle nimenomaan buffet ruokailun takia. No, kahdeksan aikaan aloitettu päivällinen ei vielä olisi kovin myöhäinen ja niin pariskunta saikin paikat toiseen kattaukseen.

M/s Mariella irtautui Katajanokan laiturista aikataulun mukaisesti 17.15. Taisto ja Inkeri olivat hyvin selvinneet alkuryntäyksestä, joka kuulemma aina on odotettavissa porttien auettua. Nyt istuttiin hytissä ja ihmeteltiin laivaelämää. Inkeri otti käteensä mainosvihkosen, jossa esiteltiin laivan myymälöiden tarjouksia.
-Kun meillä on hyvin aikaa ennen ruokailua, käydään tekemässä pieni kierros myymälöissä kehoitti Inkeri. Taisto vastasi ykskantaan - Sama se, ja niin he lähtivät.
Myymälöissä oli kova vilske. Ihmiset ryntäilivät edestakaisin. Monella oli jo ostoskorit täynnä pääasiassa juomapuolen tuotteita. Inkeriä kiinnosti erityisesti Clubin tarjoukset, koska hän oli juuri liittynyt jäseneksikin. Tuoksupuolelta löytyisi vaikka mitä kivaa. Taistoa kiinnostivat juomat, erityisesti oluet. Hän oli kuullut, että laivoilta kannatti ostaa reilusti olutta. Se oli kuulemma paljon halvempaa kuin maissa.

Kello lähenteli jo kahdeksaa ja matkalaiset suuntasivat nyt neloskannelle, jossa buffet ravintola sijaitsi. Ryntäys oli sielläkin valtava. Kaikki halusivat olla ensimmäisiä ruokapöydän ääressä. Olikohan heillä käsitys, että ruoka loppuisi kesken? Taistollakin tosiaan jo vatsa kurni ja kyllä Inkerikin mielellään söisi jotain.
Buffet pöytä oli runsas. Ruokalajit oli jaoteltu niin, että ensin tarjolla oli kylmät kalaruoat, 23 eri lajia, sitten kylmät liharuoat 6 erilaista. Sitten tulivat pääruoat ja lisukkeet, 11 lajia, kasvispääruoat, 12 lajia, leikattavat lihat; porsaan kylkeä ja paahtopaistia. Leipävalikoimassa oli kuutta erilaista leipää. Kasvisruokien lisukkeita löytyi 23 lajia, juustoissa oli viisi erilaista, sekä

lisukkeet. Jälkiruoissakin oli valinnanvaraa, jopa 25 lajia. Juomat vielä päälle:
oluet, viinit, maito, piimä, vesi ja kahvi sekä tee.

Taisto ja Inkeri söivät silmillään. Nyt ei ollut mihinkään kiire, syödään niin
kuin ei koskaan! Taisto oli erityisen mieltynyt kylmiin kalaruokiin.
Sillivalikoima oli ennen kokematonta; sinappisilliä, savustettua silliä,
sipulisilliä, sillikaviaaria, kermaista tillisilliä. Lisäksi useita silakkaherkkuja.
Lämpimistä ruoista Taisto piti parhaimpina kaslerista tehtyä makkaraa ja
lihapullia. Pitihän myös paahtopaistia maistaa!
Inkeriä houkutti erityisesti kasvispainotteiset tarjottavat, kuten sienisalaatti,
punakaalisalaatti, parsakaali, paahdetut siemenet, perunasalaatti ja
pikkelöidyt kasvikset. Lämpimät ruoat olivat myös Inkerin mieleen. Turska
voikastikkeessa oli suussa sulavaa, samoin kaalikääryleet. Ja pitihän
kanankoipiakin ottaa. Jälkiruokia oli niin suuri valikoima, ettei sieltä mahtunut
mukaan kuin juustokakkua ja suklaamoussea sekä muutama makroni ja
tietysti kahvi. Nyt maha oli niin täysi, ettei tehnyt mieli enää murustakaan.

Päivällisen jälkeen pariskunta päätti siirtyä hyttiin. Kulkeminen käytävällä
oli tullut vaivalloisemmaksi ja laiva oli alkanut keinumaan. Keskusradiosta tuli
kuulutus:
- Täällä laivan kapteeni. Olemme saapuneet avomerelle ja näyttää siltä, että
tuulen voimakkuus yltyy tänä yönä myrskylukemiin. Kehotan matkustajia
varovaisuuteen liikkuessanne hytin ulkopuolella. Ulkokannet ovat nyt suljettu.
Hyvää matkaa edelleen!
- Mitä tehdään?, kysyi Inkeri hieman alistuneesti.
- Parasta jäädä hyttiin, totesi Taisto. Kieltämättä olo on nyt sellainen, ettei tee
mieli muuta kuin maata sängyssä, hän lisäsi. Laivan keinuminen tuntui
lisääntyvän. Huonovointisuus alkoi nyt saada otetta hänestä.
- Menin hölmöyksissäni ostamaan kaljaakin laatikkokaupalla, vaikka en juuri
sitä edes käytä. Mutta kun muka halvalla sai! Jatkoi Taisto mietteissään, kuin
itsekseen puhellen. Laiva keinuminen vaikutti myös Inkeriin; olo ei ollut paras
mahdollinen. Hän vain istui paikallaan ja tuijotti yhteen kohtaan. Samalla hän
mietti omia ostoksiaan. Clubin tarjoukset olivat olleet tosi houkuttelevia ja
kylkiäislahjat vielä lisäsivät ostohalukkuutta. Mutta ei hän yleensä edes käytä
tuoksuja, joita nyt oli ostanut. Ehkä hän antaa ne jollekin työpaikallaan.

Taiston pahoinvointi voimistui, eikä hän ehtinyt vessaan. Lattia oli kohta
täynnä illan antimia. Inkerinkään vointi ei ollut kehuttava mutta hän oli
sentään ajan tasalla ja alkoi siivoamaan sotkuja kylpypyyhkeellä. Loppuyö
meni levottomasti nukkuen.

Sunnuntai aamuna risteilyalus saapui turvallisesti Katajanokan laituriin.
Taisto ja Inkeri olivat onnellisia päästessään taas kotimaan kamaralle.
- Ei kun kotia kohti, tuumi Taisto ja suuntasi asemalla kohti junaa, joka kohta
lähtisi. Kotona Inkeri otti kännykkänsä esiin ja katsoi sähköpostilistaa. Oli
tullut viesti laivayhtiöstä:
- Olemme joutuneet siivoamaan käyttämänne hytin perusteellisesti

kokolattiamatolla olleiden oksennusten takia. Tämän takia joudumme
valitettavasti velottamaan siitä viisikymmentä euroa.

Tie perille vei

Arja Etola

Matka pitkä se on
Roncesvallesta Santiagoon,
mäkinen,
kivinen,
mutkainen,
kurainen
sateinen ja aurinkoinenkin.

Välillä se Mesetaa vie
välillä vuoristossa kulkee tie.

Caminon kulkija kulkee päivästä toiseen,
kulkee viikon,
kulkee toisen,
kulkee kuukauden.

Se on Camino Frances, Jaakobin tie,
mikä perille Santiagoon vie.

Näin kun on kulkenut pitkän tien,
nyt mieli nöyrä ja ja pyhittynyt lie?

Vielä mitä!

Perillä Santigo de Compostelassa,
muttei vielä perillä taivaassa.

Ihmiskohtaloita

Muutto
Mirja Lasila

Mummo istuu salin keinutuolissa ja hänen katseensa kiertää huonetta, josta on tullut hyvin rakas niiden vuosikymmenien aikana, jotka hän on asunut kartanossa. Hän odottaa pojanpoikaansa, joka on tulossa noutamaan hänet hoivakotiin. Tuleva muutto ahdistaa mieltä.

- Pitääkö minun tämäkin vielä kokea, mummo toteaa itsekseen.

Hän nousee keinutuolistaan, kävelee keppiin nojautuen ikkunaan, katsoo haikeana pihalle ja palaa ajatuksissaan lähes seitsemänkymmenen vuoden takaisiin tapahtumiin, jolloin hänestä tuli kartanon nuori emäntä.

Ikkunasta avautuu näkymä puutarhaan, etäämmällä olevaan peltoaukeamaan ja sen takana alkavaan metsäalueeseen, joka rajoittuu järven rantaan. Mummon mieleen tulee muisto ajoilta jolloin pihassa kirmasivat leikkivät lapset. Piiat, rengit ja muut palkolliset ahkeroivat kartanon askareissa. Hän muistaa myös kartanon vanhan emännän, joka ei koskaan hyväksynyt miniäänsä, mutta usein kuolemansa jälkeen ilmestyi mummon uniin aivan kuin anteeksi pyytäen.

Oveen koputetaan ja pojanpoika astuu sisään. Mummo havahtuu muistoistaan ja palaa tähän hetkeen.

- Joko mummo on valmis lähtöön?" kysyy pojanpoika

- Kyllä, vastaa mummo, vaikka kyyneleet valuvat pitkin ryppyisiä poskia. Mummolla on huoli tulevasta, kuinka sopeutua hoivakodin elämään uudessa ympäristössä uusien ihmisten kanssa. Luopuminen ja lähtö rakkaasta kodista nostaa palan kurkkuun, joka lopulta purkautuu lohduttomana, sydäntä särkevänä itkuna.

Kun he saapuvat perille hoivakotiin, vastassa on henkilökuntaa ja mummon entisiä naapureita toivottamassa heidät tervetulleeksi. Tämä lohduttaa mummoa ja ahdistus muuttuu toiveikkuudeksi.

Mummo ohjataan huoneeseen, joka on kalustettu hänen omilla kartanosta tuoduilla huonekaluilla ja tavaroilla, jotka tuovat kodin tunnun ja tuoksun.

Muutaman hoivakodissa vietetyn viikon jälkeen mummo tuntee olonsa turvalliseksi ja kotoisaksi, joten ajatus paluusta entiseen kotiin hiipuu päivä päivältä.

Suhteita

Janne Sipponen

Ylioppilaskirjoitusten jälkeen minulle koittaa uusi luku-urakka. Olen jo vuosia sitten päättänyt hakea opiskelemaan kauppakorkeakouluun. Huhtikuun ja kesäkuun välillä luen kaiken liikenevän ajan viittä pääsykoekirjaa. Lopulta juuri ennen juhannusta matkustan Helsinkiin muutaman tunnin ajan vastaamaan monivalinnan kysymyksiin. Koe menee erinomaisen hyvin eikä minulla ole ollenkaan vaikeuksia päästä sisään.

Ehkä enemmän kuin opintoja, odotan syksyltä tutustumista uusiin ihmisiin. Olen kokenut koko lukion ajan yksinäisyyttä, josta haluan päästä eroon. Minun lisäkseni opinnot aloittaa 400 nuorta ihmistä eri puolilta Suomea. Heidän joukostaan varmasti löytyy kaveri minullekin. Olen muiden mukana ainekerhojen ja muiden koulun yhdistysten esittelytilaisuuksissa. Ahdistun enkä saa kontaktia syntymään. Asun Punavuoressa. Aamulla kävelen Albertinkatua koululle ja illalla Fredrikinkatua takaisin. Siinä kaikki. Pettymys nostaa päätään.

Istun yksin rahoituksen ainekerhon saunaillassa. Samaan pöytään tulee muuan Antti Oulusta. Keskustelemme sijoittamisesta. Päätämme siltä istumalta perustaa pienen sijoitusyhtiön, Aristos Oy:n. Seuraavat vuodet kuluvat minulta sijoittamisen parissa. Pettymykset ihmissuhteissa jäävät jatkuvan osakemarkkinoiden seuraamisen varjoon.

Ajattelen, ettei minulla ole mitään syytä olla pettynyt ihmissuhteisiin. Olen tutustunut kaveriin, joka asuu lähellä minua Punavuoressa. Meillä on yhteinen lenkkeilyreitti, joka kulkee merenrantaa pitkin eteläisessä Helsingissä. Uskomme, että pystymme ratkaisemaan kaikki opiskelun ja työelämän ongelmat yhdessä. Tulemme keskellä yötä joistain ylioppilaskunnan bileistä. Meitä selvästi ahdistaa joku, mutta mikä? Antti on kadonnut minulle jonnekin tuntemattomaan maailmaan edustajiston puheenjohtajaksi. Näen häntä harvoin, teen kauppaa osakkeilla.
Lopulta väsähdän sijoittamiseen ja päätän tosissani yrittää elää maailmassa, josta jäin opiskelujen alussa paitsi. Ryhdyn hankkimaan tuotelahjoituksia eräälle opiskelijajärjestölle. Epäonnistun soittamisessa pahemman kerran. Alan opiskella suomen kieltä ja viestintää, mutta päädyn vain seuraamaan sivusta muiden tekemisiä enkä millään keksi miten pystyisin itse osallistumaan. Samalla romahtaa suhde ystävääni Punavuoressa. Mitään keskustelua ei ikinä tapahtunut, mitään ymmärtämistä ei ollut.

Suvulle tyypilliset ihmissuhteet olivat nyt koituneet minun osakseni. Toisen ihmisen tiukka liimaaminen itseen ja kyvyttömyys nähdä lähellä olevia ihmisiä yksilöinä oli laittanut suvun miehiä kumaraan jo monessa sukupolvessa. Vasta vuosien etäisyydellä on mahdollista ymmärtää tapahtumat tarkasti. Muiden kauppakorkean opiskelijoiden vanhemmat olivat juuri silloin uransa huipulla ja pystyivät keskusteluun vaikka mistä. Oma isäni oli jo vuosia hiipunut kotona eikä häneen juuri pystynyt olemaan kontaktissa. Nyt olen ymmärtänyt, että todellinen läheisyys syntyy toisen erillisyyden ymmärtämisestä eikä pitämistä jatkuvasti saatavilla.

Huone numero 13
Sinikka Kallio

"Perjantai-iltana 17.11 kolme henkilöä hyökkäsi Kirkkopuiston Taxi-asemalla mieshenkilön kimppuun. Uhri pahoinpideltiin ja ryöstettiin. Silminnäkijöitä pyydetään ottamaan yhteyttä poliisiin."

Olen noussut samaa ramppia sairaalaan jo neljä viikkoa. Katu on liukas sorasta huolimatta. Sairaalan ovet ahmaisevat minut kitaansa helposti. Astelen tuttua reittiä hisseille näkemättä mitään, kuulematta ketään. Ajatukseni ovat jähmettyneet huoneeseen numero kolmetoista. Saavun osaston 122 ovelle. Kiskon ovea. Miksi osastojen ovet ovat lyijynraskaita? Painavatko ne oikeasti näin paljon vai rampauttaako rankat huolet kädet heikoiksi? Kun lopulta saan oven auki, niin maitoisen aamukahvin ja yöllisten eritteiden lemahdus paiskautuu päin kasvojani. Osaston coctail, tätä kokemusta ei muualta saa ja se erottaa sairaiden ja terveiden maailman toisistaan.

Huone kolmetoista. Parannutaanko tästä huoneesta vai onko tämä portti suoraan taivaan valtakuntaan? Taikauskoa tai ei, niin olen monesti nähnyt, kun hotelleista on jätetty numero kolmetoista pois. Sairaala saa pitää epäonnisen huoneensa. Tämä huone on yhden hengen huone ja siellä istuu aina hoitaja. Niin nytkin. Uusi tyttö, en muista tavanneeni. Opiskelija kaiketi tämäkin, keikkatöissä. Hoitaja kohentaa potilaan asentoa ja nyökkää minulle samalla. Minäkin nyökkään. Tuntuu, että tähän tilanteeseen ei ääni sovi. On pelko, että ääni voisi rikkoa potilaassa jotain lisää. Menemme käytävään.
- Voit mennä tauolle. Olen paikalla tunnin tai kaksi. Onko mitään erikoista ollut? kysyn vaikka tiedän tilanteen.
- Kaikki ennallaan, muuten paitsi hieman lämpöä. Lääkäri on tietoinen asiasta. Menen nyt, mutta voit hakea minut taukotilasta, jos tarvitset.

Hoitaja poistuu ja minä palaan huoneeseen ja istuudun kovalle tuolille. Kaakelit ja seinät hohtavat valkoisina kuin lumi ja jää. Siksiköhän minua paleltaa? Ikkunassa on yksi verho , jossa kuviona on lehdellinen puu. Ikkunasta samat puut seisovat tyhjinä. Ruskeankeltaisia lehtikasoja lojuu siellä täällä routaisessa maassa. Auringonsäteet hajaantuvat taivaanrannassa, kuin paeten avaruuteen kohti ikuista pimeyttä.

Sänky sijaitsee keskellä huonetta. Sängyn vieressä yöpöytä, jossa vain hoitovälineitä. Seinän vieressä lavuaari. Sängyn toisella puolella hengityskone, joka puhisee ja puhaltaa tasatahtiin. Turhaa tavaraa ei ole, vain niitä mitkä varmistavat elämän jatkumisen edes jollakin tavalla.

Sängyssä lepää mieheni. Liikkumattomana kuin nukke. Asento vaihtuu vain hoitajien toimesta. Silmät ovat kiinni. Rintakehä kohoilee ylös, alas kuin aallot. Iho on kalpea, vain lievä punerrus poskipäissä, ehkä kuumeesta johtuvaa. Huulet ovat kuivuneet ja haavoilla. Kädet ovat peiton päällä siten kuin ne on asetettu, sideharsorullat sormien alla.

Minunhan pitäisi tuossa maata. Olen saanut rikostoimittajana uhkailuja lukuisia kertoja. Minua on uhattu , kotiani on uhattu ja jopa koiraani. Jonkun jutun yhteydessä olen joutunut pyytämään väliaikaista suojelua. Vai onko tämä jonkinlainen rikollisten kosto välillisesti? En kuitenkaan usko niin. Mitähän Jussille oikein tapahtui hänen palatessaan teatterin iltanäytöksestä? Tarvittiin kolme miestä näin ison miehen kaatamiseen. Vai olivatkohan kaikki miehiä? Vammoja ei juuri näy, mutta Jussi oli löydetty tajuttomana maasta.

Kallonmurtuma, aivoverenvuoto ja aivopaineen nousu. Jussia pidettiin aluksi nukutettuna, mutta ei enää, mutta hän ei vain herää. Onkohan hän siellä kirkkaan tunnelin päässä, jossa vanhemmat kutsuvat häntä ikuiseen autuuteen? Vai miettiikö hän jossain ruusuisilla porteilla ja häntä kehotetaan palaamaan. Työsi maanpäällä on vielä kesken, sanovat tuonpuoleiset ystävät.

Ajatukset pyörivät päässäni kuin karuselli. Vain kysymyksiä, ei vastauksia. Kuin ajatuksesta, lääkäri tulee huoneeseen. Hänkin nyökkää, rypistää kulmiaan, katsoo ensin Jussia ja sitten minua.

- Tulehdusarvot lievästi koholla, siksi antibiootit.

- Onko tajunnassa, aivojen tilassa jotain uutta? kysyn jotain kysyäkseni.

- Ei mitään. Mikään ei selitä sitä miksi mieherne ei herää. Vammat eivät olleet niin vakavat. Aivot ovat ihmeel iset, voi tapahtua mitä tahansa. On vain odotettava. Mikäli tajunta palaa, emme voi tietää mikä hänen kognitiivinen tasonsa on.

Lääkäri nyökkäilee taas ja poistuu kiireisenä. Jossain on paljon kiireellisempiä tapauksia ja tärkeämpiä. Niin minusta tuntuu. Avuttomalta ja yksinäiseltä. Otan miestäni kädestä, puristan hellästi, mutta ei hän vastaa. Alan hyräillä hiljaa. Se tuntuu paremmalta kuin yksin puhuminen. Olen lukenut jostain, että viimeisenä ihmisen aisteista häviää kuulo. Hyräilystä innostuneena päätän tuoda hänelle seuraava päivänä hänen lempimusiikkiaan, Pink Floydia, Santanaa, Dire Straitsia ja muuta hänen nuoruuden aikaistaan.

Pyydän hoitajia laittamaan kuulokkeet joka päivä tunnin ajaksi kolme kertaa päivässä. Tunnen ilon häivähdyksen kun saan ideastani toivon kipinän.

Päivää ennen jouluaattoa sairaalasta soitetaan. Jussi on avannut silmänsä. Itken ja nauran. Kerään vaatteita, enkä tiedä mitä pukisin. En osaa päättää tavallisiakaan asioita. Juoksen portaita ylös alas, koiraa ravaa sekopäisenä perässäni. Soitan lapsille, ystäville ja ties kelle. Ilo ja riemu kuplii kihelmöiden joka puolella. Tuntuu, että jalkani irtoavat maasta. Pelkään, että se ei ollutkaan totta, ehkä näin unta ja soitan uudelleen sairaalaan. Se on totta! Jussi on palannut!

Tyttäreni ajaa meidät sairaalaan. Avaan kevyesti osaston oven. Vastaantulijat hymyilevät ja minut valtaa pelonsekainen riemu.

Kadonnut

Eila Jokinen

Nainen nostelee juuri kaupasta tuomiaan tavaroita jääkaappiin ja vilkaisee samalla ikkunasta nähdäkseen leikkivän pojan hiekkalaatikon vierellä. Pihamaalla leventelee terijoensalava ja kukkivat punaiset pionit. Poika työntää muoviautoaan hiekkalaatikon reunaa pitkin. Nainen jatkaa kassin purkamista. Jauhopussi tuonne, leivät omaan laatikkoonsa. Kahvipaketti, sokeri, kaikki on.   Hän vilkaisee uudelleen ulos. Lasta ei näy, vain pikkuinen kolmipyörä kumollaan nurmikolla keltaisen leikkiauton vierellä. Herranen aika, mihin se vintiö on mennyt, ei kai kadulle ja autojen sekaan tai kenenkään vieraan matkaan...
- Sami on kadonnut, hän huutaa pihaan tulevalle naapurille, - lähden etsimään.

Nainen juoksee vaikkei itse sitä tiedosta, jalat kiidättävä häntä alas Lerkkaa, Pusupuiston kulmaan, kääntyvät sataman suuntaan.
- Ranta on täällä lähellä, mutta "piha on turvallinen lauta-aidan ympäröimä onnela, hyvä siinä on lapsen leikkiä", kuten kiinteistönvälittäjä taloa ostohetkellä kuvaili.

Satamassa risteilylaiva lähdössä, veneitä laiturissa, Kasinon vihreä ranta. Kaukana takana vasemmalla hiekkalinna ja upeasti kohoava rinne, mutta ei niitä nyt ehdi ihailemaan. Eilen käveltiin täältä uimalaitokselle ja lapsi oli niin tohkeissaan keltaisista uimaliiveistään ja vesikelkkamäestä. Missä poika on?

Viimeöisessä unessa suuri myrsky nosti heidän talonsa katon paikoiltaan ja levitti kaikki tavarat taivaan tuuliin. Joka puolella rymisi ja ryskyi, kun koti hajosi.- Laivan lähtöhuuto havahduttaa, nyt ei saa pohtia unta ja myrskyn ääntä, nyt on löydettävä hänelle tärkein asia maailmassa, Sami.
- Oletteko nähnyt sellaista viisivuotiasta pikkupoikaa, punainen lippis päässä? hän kysyy vastaan tulevalta vanhalta pariskunnalta.
- Tuolla rannassa oli yksi ihan itsekseen, ei ole vanhemmat pitäneet huolta, motkottaa mies syyttävästi, - Kaikenlaisille sitä lapsia siunaantuukin, pois pitäisi ottaa.

Miehen ääni nousee yhä kovemmaksi, vaimo yrittää hyssytellä, mutta mies jatkaa motkotustaan.
- Teidänkös se on? Pitäisi poliisille ilmoittaa huolimattomuudesta, urputtaa vanhus.

Lastaan etsivällä naisella ei ole tarvetta jäädä kuuntelemaan moitteita. Hän kiihdyttää juoksuaan, pelkää, ettei ehdi ajoissa tai että siellä on joku vieras lapsi ja miten pitää suhtautua Samiin sitten kun ... Ja kyllä minä sen riiviön ripitän ja entä jos onkin jo tippunut veteen eikä kukaan ole välittänyt tai ehtinyt auttaa...

Sydän hakkaa ilkeästi, äitiyden onni on vaihtunut kivistävään huoleen ja pelkoon tulevasta. On jouduttava, on löydettävä. Silmät tavoittavat punaisen lippiksen ja pienen pojan kaivelemassa tikulla rantahiekkaa. Nainen menee lapsen luo varovasti, ettei pelästytä. Yrittää ottaa syliin mutta tämä kiemurtaa itsensä irti ja haluaa kertoa sammakoista joita täällä asuu ja pilvilaivasta, jonka kyydissä hän äsken oli ja moottoriveneestä, josta hänelle vilkutettiin ja kaloista, joita olisi voinut onkia jos olisi ollut onki ja punainen koho ja... Poika puhuu ja puhuu. Nainen kuuntelee, nyökkää välillä.

Saimaa laulattaa pieniä aaltoja rantakiviin, ilma tuoksuu tuulelta ja lehmustenkukilta. Nainen muistaa lukemaansa kasvatusohjetta:" moiti lempeästi, halaa hellästi" mutta juuri nyt vielä tärkeämpää on olla lähellä, kuunnella, halata sitten lempeästi ja lähteä yhdessä kotiin.

Sankarini lähes sata vuotta

Eija Orpana

Hän syntyi tsaarinvallan aikana perheen seitsemänneksi, toiseksi nuorimmaksi lapseksi, Kuusi poikaa ja kaksi tyttöä perheessä. Isä Laatokan kalastajia, Nuotta- Simoksi kutsuttu, kasvatti tupakkaa sikaritehtaalle ja viljeli maata kotitarpeiksi. Äiti hoiti lapsikatraan ja piti muutenkin elämän kaikin puolin kasassa. Pojan ollessa 10 vuotias isä kuoli. Keuhkojen synnynnäinen heikkous ja heinäkuorman päältä tapahtunut putoaminen päättivät elämän. Äidin oli selvittävä lapsikatraan kanssa yksin eteenpäin.

Kolme vanhinta veljeä ja vanhin sisar lähtivät Kanadaan siirtolaisiksi ja saivat siellä uudesta elämästä kiinni. Sinne lähdöstä haaveili myös tarinani sankari. Lippu matkaa varten oli jo tulossa kunhan armeija on ensin käyty. Lippu tuli, mutta matkustuslupaa ei. Sodan syttymisen uhka oli liian lähellä. Maastapoistumislupaa ei herunut.

Siviili koitti. Polkupyörä, uusi verryttelypuku, uudet kumitossut ja n. sata markkaa silloista rahaa päivärahoista säästettynä, siinä koko omaisuus. Laivalippu länteen vaihtui linnoitustyöhön Lappeenrannassa, ainoaan työhön jota oli tarjolla juuri armeijasta päässeelle nuorelle miehelle. Harmi, haikeus, huoli huomisesta ja äidistä painoi mielialaa alas. Tulevaisuus näytti toivottomalta kunnes yksi kirje muutti suunnan.

Palatessaan eräänä lokakuun iltana työpäivän jälkeen märkänä, kuraisena ja nälkäisenä majoituspaikkaan allapäin ja pahoilla mielin, kuten itse asian ilmaisi, hän huomasi nimellään varustetun ruskean, esikunnan leimoin varustetun kirjekuoren tyynyllään. Kirjeessä lyhyt viesti: Sota tulossa. Tahdotteko jäädä armeijan palvelukseen? Tarjoamme teille vakituista vakanssia puolustusvoimissa. Vastauskuori oli osoitteella varustettuna mukana. Tapansa mukaan hän halusi ensin miettiä asiaa. Mutta tuolloin ei vastausta tarvinnut miettiä yön yli ennen kuin veisi vastauskirjeen postitettavaksi esikuntaan. Ja pian tulikin littera matkustamiseen, tiedot missä ilmoittautua ja saada uudet varusteet. Sotilasura ja tuntematon sota olisivat edessä. Uravalmennus ja burnout olivat vieraita käsitteitä tuohon aikaan vaikka elämä olisi näyttänyt kuinka vaikealta tahansa.

Hän selvisi sodista rintamalla haavoittumatta, huolehti äitinsä kaksi evakkomatkaa ja rakennettuaan sodan jälkeen kodin saamalleen evakkotilalle otti myös äitinsä asumaan sinne. Elämää alettiin rakentaa karjalan kunnaiden jälkeen hämäläisten härkäteiden maisemissa.

Kersantti rakastui, avioitui, perusti perheen johon syntyi kolme lasta. Hoiti päivätyönsä varuskunnassa ja iltatyönä perheen kanssa pienen evakkotilan työt. Tilan, joka antoi pitkälti ruuan kuuden hengen perheelle.

Kun 25 vuotta armeijan leivissä täyttyi ja koska hänelle oli tarjottu kokopäivätyötä metallialan yrityksen varastonhoitajana, hän päätti 47

vuotiaana jäädä ylivääpelinä eläkkeelle. Kertoi haluavansa samalla antaa
armeijassa nuoremmille etenemismahdollisuuden. Siviilityössä hän jatkoi
vielä noin viisitoista vuotta tarjotakseen lapsilleen helpommat elämän eväät
mahdollistamalla heille ammatteihin tarvittavat koulut ja opiskelut. Lapset
saivatkin tahoillaan ammatit, työpaikat ja perheet.

Sankarini oli kotona perheen ja suvun patriootti, tukipilari. Hän huolehti
äidistään tämän elämän loppuun saakka, oli myös vuosia iäkkään 300
kilometrin päässä yksinelävän tätinsä tukena ja edunvalvojana tämän
menetettyä lapsensa ja lopulta miehensä. Lopuksi hän hoiti myös vaimoaan
tämän viimeiset vuodet kotona.

75–vuotiaana leskeksi jäätyään hän huolehti yksin kodista, kokkaamisesta
ja kehonsa kunnosta kadehdittavan hyvin yli kahdenkymmenen vuoden ajan
kunnes tuli aika sulkea oman kodin ovet. Kodin, joka tarjosi meille lapsille ja
muillekin siellä poikenneille ruokaa, rakkautta ja rukouksia voimaksemme.
Hän eli kanssamme pitkän ja kohtalon rikastaman elämän opettaen omalla
esimerkillään mitä ystävällisyys, huumori, kiitollisuus samoin kuin
anteeksianto, luja usko ja luottamus elämän kantaviin voimiin voivat saada
aikaan. Uskoen, että kaikesta vaikeastakin elämässä selvitään etsien
jokaisesta päivästä, pimeimmästäkin kiitoksen aihetta.

Kiitos että sain sinut isäksi, kasvattajaksi, kannustajaksi ja kaveriksi tämän
elämäni matkalle. Olit minulle suuri opettaja, lohduttaja, tuki ja kannustaja
varsinkin silloin kun oman elämäni pohja murtui. Ja kiitos että sain
mahdollisuuden kulkea rinnallasi ehtoopuolen matkasi sen viimeisen päivän
iltaan asti.

Lembi lullaa

Maila Honkanen

Kaksipäiväinen rankkasade oli silottanut Saugan kylällä, Tarton suuntaan menevän hiekkatien pinnan. Vesi oli valunut vähäisiä alamaita kohti ja pysähtynyt nurmettuneelle tien vierustalle marraskuun apeutta tutkailemaan. Tien pinnan harmaus näkyi kauas. Parin kolmen kilometrin etäisyydelle. Hiekkamaastoon oli ollut helppo tehdä suora tie. Se tuntui yhtä suoralta kuin kolhoosinavetan seinä. Maiseman kosteus ei naurattanut.

Tien poskeen oli pysähtynyt 1960- luvun kulkuneuvo. Neuvostoliitossa valmistettu IC- mallinen moottoripyörä. Vierellään tavarakuljetuksiin tarkoitettu, irrotettava, kulahtanut sivuvaunu. Sivuvaunu oli kotitekoinen. Irto- ja löytöosista rakenneltu. Kolhoosin kyläseppä oli sen itse kasannut. Se ei ollut tyttöjen kuljetukseen tarkoitettu siisti Lemmenlulla.

Polttoaine on vaan niin pirun huonoa ja kallista, puhisi Pärt Kuusik. Seppä. Sepän vaimo Lembi kuljetti maitoja, ruokatarvikkeita ja työvälineitä kolhoosin alueelta toiselle navetta- ja puutarhatöiden ja perheen hoidon ohella. Hän oli nauravainen, tehtävissään nopea ja liukasliikkeinen, pulski nainen. Moneen ehtivä.

Pomppatakkinen Lembi oli ottanut moottoripyörän kyytiin äitinsä Triinun. Lapsistaan tyttärensä Kailin ja Riinun. Esikoisen ja kuopuksen. Triinu uskoi tapaavansa jonkun entisen lypsykaverinsa ja ja halusi nähdä rakasta kolhoosimaisemaa. Hän oli vetäissyt miesvainajansa nahkarotsin ylleen. Se piti sadetta ja tuulta. Päähänsä hän oli kietaissut talvihuivin ja käsiinsä kirkkolapaset reuman vääntämiä sormia lämmittämään.

Lembi oli ensin heittänyt muutaman pienen maitotonkan osoitelappuineen sivuvaunun etupuolelle. Triinu oli istahtanut penkille. Pikku-Riinu oli asetettu seisomaan Triinu- mummon selän taakse. Kaili roikkui Lembin takana pyörän tarakalla, jalat sivuvaunussa ja tuki oikealla kädellään seisovaa siskoa. Kaililla oli kolhoosin tytöille jymyuutisia kerrottavana. Miehistä. Mistäs muusta? Eikä Riinua voinut jättää vielä yksin kotiin kuin hetkeksi. Kulkekoon tuo mukana! Mentiin niin, että otsahiukset ja huivien hännät hulmusivat ajaessa. Hui sentään! Vauhtia parikymmentä kilometriä tunnissa.

Maidon jakeluun kului sinä päivänä aikaa parisen tuntia. Paljon. Lembi päätti tehdä pienen, ihan pienen mutkan ja kiepata Tarton tien kautta viimeiselle tonkan tarvitsijalle. Hän halusi taas kerran katsoa hetken ajan tietä ja mahdollisuutta avarampaan maailmaan. Sinne, mistä hän oli kuullut kerrottavan tarinoita toisenlaisesta ja paremmasta elämästä kuin kolhoosissa. Elämästä, josta hänellä ei oikein ollut tietoa. Elämästä, jota hän halusi nähdä ja kokea. Ja paikasta, minne hän halusi joskus päästä käymään. Kenties asumaan.

Lembi tuijotti märkää tietä. Vilkaisi Triinua ja kysäisi:
- Triinu, eihän sinua vaan palele? Eihän? Jaksatko istua vielä, jos ajetaan
kilometrin mutka ennen viimeistä tonkaa?
Riinu huuteli mummon takaa. Että "Joo, joo. Mennään vaan. En minä täältä
putoa. Ajetaan vaan!" Triinu oli hiljaa. Lembi lähti ajelemaan ajatuksiinsa
vaipuneena. Vastaan tuli se kivi, jonka vieressä oli vaatimaton, viitan tapainen
kohti Tarttoa. Juuri sen hän halusi nähdä. Hän pysähtyi ja hyppäsi ohjaimista
pois. Katsoi viittaa tarkoin ja kuvitteli sen antamia mahdollisuuksia. Se vahvisti
taas kerran hänen ajatuksiaan uudenlaisesta tulevaisuudesta. Kenties?
Kenties?
- Jos kuitenkin. Kyllä kuitenkin.

Lapsuuden maailma

Reetta Nurmi

Sotien jälkeen meidän kylään oli tullut paljon siirtolaisia Karjalasta. Melkein joka mökissä asui lapsiperheitä ja oli paljon hyviä leikkikavereita. Lähelle Takatalon muonamiehen mökkiin muutti vielä kolmelapsinen perhe. Aimo oli minun ikäiseni ja Rauha pienempi. Isompi poika ei leikkinyt meidän kanssa. Rauha oli oikea riesa, aina perässä, heiveröinen, ei jaksanut juosta ja rupesi heti itkemään. Nenä vuoti. Minulle sanottiin aina kotona :"Älä kirnua räkää nenässäs." Aimo muistutti minulle milloin voi joutua vankilaan: jos jättää portin auki, jos syö liskoja talon hernepellosta, jos heittää kiviä. En uskonut mutta en tietenkään tehnyt niitä paitsi kerran heitin soraa, kun Aimokin oli heittänyt kiven minua kohti.

Vaarilla oli vihainen pässi. Se oli kettingissä keskellä pihaa ja sitä piti varoa, muuten sai tinttauksen takalistoon. Kerran olin tosi vahingoniloinen, kun seisoin seinän vieressä ja onnistuin väistämään niin, että sen isku osui seinään. Pässi oli vaarin lemmikki ja sen nimi oli Ossi. Sitä siirrettiin kettingissä sitä mukaa, kun se oli syönyt ruohon. Ossilla oli erikoisen lempeät ja suuret silmät ja kun se viattomana tuijotti meitä olisi luullut että se suorastaan rakasti lapsia. ehkä se oli mustasukkainen ja halusi puolustaa vaaria. Ei vaarikaan mikään lapsiystävällinen ollut vaikka ei se mitään kieltänyt eikä vihainen ollut. Se teki askareitaan omissa ajatuksissaan ja hyräili jotain laulua, varmaan virsiä. Minä pidin sitä aika omituisena mutta äiti sanoi, että se on vaan vanha. Kun keltaiset lehdet putosivat maahan ja talvi kiirehti tuloaan ei pässiä näkynyt missään. Niin pönäkkänä kuin se vartioi aina reviiriään kesällä oli sekin avuton elämänkulkunsa edessä.

Kummitätini Esteri kyläili meillä aika usein, vaikka hän asui sadan kilometrin päässä Helsingissä ja linja-autolla sinne kesti kolme tuntia. Kerran hän toi minulle karttapallon ja sanoi: "Siehää menet jo kohta kouluukii." En ymmärtänyt siitä silloin mitään. Joistain paikoista se oli hankautunut niin, että näkyi vain valkoista. Se laitettiin ikkunalaudalle.

Kerran kesällä äiti sanoi: "Lehdon Kerttu ja Mauri tulee Helsingistä meille pyhänä. Mauri on sin pikkuserkkus." En uskonut, Mauri oli minua isompi. Olimme sitten kaikki sunnuntaina ruokapöydässä lopettelemassa syömistä. Vaari ei ollut mukana, keinutuoli oli tyhjä ja lukulasit piironginpäällä, sängynpohjalta kuului kovaa yskimistä. Jursalan Hannes oli ovella salkkuineen mistä kaiveli meille Vartiotornin lehtisiä. Silloin joku huusi: "Sipilän hevonen on pudonnut lähteeseen." Isä pomppasi heti ruokapöydästä ja lähti juoksemaan ja me Maurin kanssa perässä ynnä pystykorva Hupi joka oikaisi auringonkukkapenkin läpi niin, että muutamat taimet lakosivat. Kerttu huusi Maurille :"Takasin", mutta ei se kuunnellut. Sillä oli hyvät kengät jalassa ja vaikka minulla ei ollut kenkiäkään ei se menoa haitannut.

Jursalan Hannes ei lähtenyt, varmaan, kun si lä oli puku ja ravatti päällä. Se sanoi aina :"Herra ravitsee hengellään." Kyllä Jursalassakin sikaa pidettiin. Myöhemmin Hanneksesta tuli pelkästään saarnaaja.

Lähteelle oli jo kerääntynyt muutamia m ehiä auttamaan hevosta. Temun takajalat olivat lähteessä ja ne eivät tavoittaneet pohjaa niin, että se ei jaksanut ponnistaa ylös etujaloillaan, jotka kuopivat ympäri lähdettä savisessa hötössä. Hevonen oli jo melko kuitti. Se korisi ja suusta tuli valkoista vaahtoa. Välillä se näytti jo antavan periksi. Sen pää lysähti ja silloin se rupesi taas vajoamaan. Lähdekin suureni.

Miehet pujottivat köysiä ja valjaita sen mahan alle ja kiskoivat, mutta hevonen oli painava ja paniikissa eivätkä miehet voineet kovin lähellekään mennä upottavan maan takia. Hevoshaka oli märkä, oli satanut äskettäin ja ukkonen jyrisi jossain kaukana.

Vihdoin Temu saatiin vedetyksi pitävälle maalle ja väsymyksestä huolimatta se ravisteli itseään reippaasti ja näytti iloiselta ja huojentuneelta. Minunkin jalat olivat puoleen sääreen savivellissä.

Pienessä kylässä sattui aina kaikenlaista, kaikki tiesivät toistensa asiat ja ne olivat lapselle mieleenpainuvia: Kun lehmälle syntyi kaksipäinen vasikka, kun sikaa teurastettiin tai lehmää astutettiin a kun joskus oli kutsuttava apuun honottava ja kiroileva eläinlääkäri, kaikista olivat lapset tietoisia, vaikka heitä yritettiin hätistellä pois. Suuri kakaralauma oli aina ensimmäisenä paikalla.

Luopumisen aika

Luopumisen aika
Mirja Lasila

Puran jälleen kerran ongelmakaapin hyllyjä ja laatikoita. Tällä kertaa minulla on vakaa aikomus luopua kaikesta siitä, mitä en ole tarvinnut vuosikausiin, enkä tule tarvitsemaan jatkossakaan.

Kysyn itseltäni mitä ihmettä teen työurani aikana kerääntyneillä kurssi -ja seminaariaineistoilla. Mappeja rivissä ja päällekkäin. Olen niitäkin hävittänyt vuosien saatossa, mutta jotain on pitänyt vielä jättää. Miksi? Jospa niitä vielä joskus selailisin! Ei! Nyt on aika luopua. Terveyteen ja hyvinvointiin liittyvät kurssimateriaalit vielä jätän. Niitä on mielenkiintoista aika ajoin lueskella ja kertailla.

Olen aina ollut himohamstraaja. En niinkään himoshoppailija, vaan tavaroiden säilyttäjä. Mitään ei raaskisi heittää pois. Ei ainakaan roskiin tai kaatopaikalle, vaan kaikelle pitäisi löytyä hyötykäyttö. Kerta toisensa jälkeen olen aloittanut kaappien siivoamisen saadakseni niihin lisätilaa tai väljyyttä vain huomatakseni, että samat kamat ovat menneet takaisin. Vain pölykerrokset pyyhitty pois . Pääsääntöisesti pidän kotini siistinä ja järjestyksessä, mutta kaapit ovat olleet ongelmallisin kohta tavarapaljouden takia.

Vuosia sitten asunnon pintaremontin yhteydessä meni suuri osa huonekaluista vaihtoon. Vanhat kierrätykseen ja uudet tilalle. Luopuminen ei silloin tuntunut pahalta, sillä vielä hyväkuntoiset huonekalut sain annettua niitä tarvitseville. Tuolloin luovuin myös sadoista kirjoista. Koska luovuin perinteisestä olohuoneen kirjahyllystä, tein vaatehuoneesta kirjaston. Kaikkia en saanutkaan mahtumaan uuteen tilaan. Kasasin kirjoja muutamaan muuttolaatikkoon ja tarjosin niitä ystäville ja sukulaisille heidän vieraillessaan. Periaatteella saa ottaa mutta ei tuoda takaisin. Osan vein kirpputoreille. Tälläkin hetkellä varastossa on luvattoman monta laatikollista sekalaista kirjallisuutta. En vaan ole voinut niistä vielä luopua. Jospa joskus vielä lukisin niitä uudelleen?

Omasta autostani luovuin jo vuosia sitten. En katsonut sitä enää tarpeelliseksi. Lasten ollessa pieniä, auto oli lähes välttämätön kuskatessa heitä hoitoon ja harrastuksiin. Tuolloin tuli pienimmätkin matkat kuljettua autolla. Vajaan parin kilometrin pituista työmatkaakaan en pässyt jalkaisin tai pyörällä. Autostani luopumista en ole katunut. Tilalle tuli liikunnan ilo. Hyötyliikuntaa työmatkojen, kauppareissujen ja harrastusten puitteissa. Ja mikä säästö pidemmän päälle.

Ilmastonmuutoksen hillitsemisen näkökulmastakin luopuminen tietyistä asioista on tullut tärkeäksi. Etelän matkat eivät enää ole ainoa ja oikea lomakohde. Puhumattakaan haaveet kaukomatkoista. Ei enää turhia heräteostoksia. Vaatekaapeissa niitä on enemmän kuin tarpeeksi, löytöjä joita en koskaan ole käyttänyt. Sama koskee astioita. Kaapeissa on jos jonkinmoisia astiakokonaisuuksia joita ei tule koskaan käytettyä.

Tuumasta toimeen, tavaroiden lajittelu kierrätettäviin, roskiin, kaatopaikalle. Aikaisemmin vetosin monien tavaroiden kohdalla tunnearvoon. Jospa säästän jälkipolville. Ei kuulemma. Tunnen lähinnä helpotusta nyt huomatessani miten helppoa on luopua turhasta tavarasta. Olen jo tarpeeksi monta kertaa kokenut luopumisen tuskaa joidenkin kohdalle, joten nyt ei tunnukaan enää missään. Saanhan tilaa ja järjestystä kaappeihin.

Nyt vähän pätkii

Maila Honkanen

- Listassa on nyt 56 nimeä. Tasan 56. Alun perin olin ajatellut, että 24 paikkaa riittää. Mutta eihän ne mihinkään riittäneet. Onneksi sain neuvoteltua paikkoja lisää. Nyt 60- hengen bussi on täynnä. Kuka ilkeää sanoa ääneen, etteivät eläkeläiset harrasta, liiku tai pidä yllä sosiaalisia suhteita. Minä ainakaan en uskalla sellaista väitettä kaikin osin allekirjoittaa.
Kuulin, että tähän tulee toinenkin bussi, mutta se lähtee Hämeenlinnan suuntaan. Sekin on täynnä eläkeläisporukkaa, tuumaili Lea, matkaopas. Marolankadun turistipysäkki oli jo puoli tuntia ennen sovittua lähtöaikaa mustanaan matkallelähtijöitä kapsäkkeineen. Tummissa vaatteissa, synkkänä, paksupilvisenä aatonaattopäivänä. Eläkeläiset eivät yleensä myöhästele, vaan muistavat lähtövaiheessa olla riittävän ajoissa paikalla.

Oppaat ohjailivat matkalaisia oikeisiin busseihin. He löysivät mieleisensä paikat oikeista autoista. Istumapaikat olivat ahtaat. Parimetriset miehet istuivat jalat levällään penkissään. Laukkusäilön luukut sulkeutuivat. Opas ja kuljettaja astuivat bussiin. Bussin nokka kääntyi kohti Kouvolaa. Nuori mieskuljettaja ilmoittautui Elmoksi. Ja ilmoitti samalla, että Nastolasta ja Kouvolasta tulee vielä 4 kyytiläistä lisää.
- Hyvä, kun on nuori. Hoksottimet pelaavat vielä hyvin, jos keli käy hankalaksi. Ja opas, Lea, on onneksi vanha tuttu. Tunnetusti luotettava. Ja että joulumatka voisi nyt alkaa, jutusteli matkustaja.

Bussissa oli hiljaista. Oliko se kenties matkajännitystä? Vai oliko Joulu jo hiljentänyt kansalaiset juhlan suuruuden edessä? Oppaan tehtäviin kuuluu tarkistaa, ovatko kaikki mukana. Siis nyt ne 56. Kouvolan jälkeen Lea siirtyi käytävälle ja lähti laskentareissulle. Löytyi 56 matkalaista. Kaikki niin kuin pitikin! Jes. Muisti pelasi!

Puolimatkan vessapysähdyksen jälkeen Lea laski matkustajat uudelleen. Luku heitti. Se ei asettunut millään 56:n kohdalle. Kaikki olivat autossa vierustoveriensa mukaan. Auton vierellä tuprutelleetkin. Alkoi ankara pohdinta, miten saataisiin tarkka luku. Aikaa oli vierähtänyt jo neljännestunti.
- Nyt mulla taitaa vähän pätkiä. On kyllä pätkiny ennekin. Ei se mitenkään uutta ole, ilmoitti Lea.
- Otappa nimilista ja huutele nimet, huikkasi joku.
Nimenhuuto onnistui. Kaikki 56 paikalla! Ja matka pääsi jatkumaan.
- Mikä olisi ollut järkevintä? Ynnätä vai vähentää, pohtivat jälkiviisaat matkailijat. Olisiko pitänyt vähentää penkkipaikojen määrästä ihmisten lukumäärä? Erotus olisi ollut tyhjien penkkien lukumäärä eli 4. Vai vähentää yksi matkustaja kerrallaan pois 56:sta. Vai olisiko ollut parempi lisätä tyhjien penkkien määrään matkustajien lukumäärä yksi kerrallaan, jolloin lukumäärä olisi ollut paikkojen kokonaismäärä. Kerto- ja jakolasku poissuljettiin

kohtuuttomia vaikeuksia tuottavina. Bussi saapui ajastaan päämääräänsä
Imatran kylpylän pihaan. Erilaisten matkustukseen liittyvien rituaalien jälkeen
joulun vietto saattoi alkaa.

Paluumatka on yleensä menomatkaa helpompi ja nopeampi. Heittelet
vain tavarasi laukkuun, niitä suuremmin järjestelemättä ja suljet sen.
Matkailijat istuvat yleensä samoille paikoille autossa kuin menomatkalla.
Kukaan ei uskalla sekoittaa tutuksi koettua järjestystä.

Elmo oli taas kyytijänä. Se tuntui hyvältä. Hän asetteli laukut autoon siten,
että ennen Lahtea poisjäävien laukut olivat vasemmassa reunassa ajotien
puolella. Eipä tarvitsisi niitä sen kummemmin etsiskellä ja matka joutuisi.
Poistumispaikkoja ja poislähtijöitä oli yksi tulomatkaa enemmän. Matkanteko
ja poistumiset autosta sujuivat kommelluksitta kaksi kertaa. Kolmannella
kerralla matkustaja oli unohtanut oman laukkunsa ulkonäön. Kerrankos sitä
erehtyy naulakossa roikkuvista takeista tai laittaa tavarat vieraisiin
kauppakärryihin. Tai tarttuu kuntosal lla vieraan oloiseen kenkäpariin. Kun ei
muista kaikkia oleellisia yksityiskohtia ja muisti pätkii enemmän tai
vähemmän.

Ja Lea, opas, joutui soittamaan lomapaikkaan ja tiedustelemaan, oliko
aulassa näkynyt ylimääräistä, matkailijan kuvaamaa laukkua. Eihän siellä ollut
ylimääräisiä laukkuja näkynyt. Elmo muisti varmasti sijoittaneensa sen
laukkusäilön vasempaan reunaan.
- Ei se ole minun laukkuni, jatkoi poislähtevä matkustaja tivaamistaan. Ei se
ole minun.
Ei auttanut muu kuin luvan perään availla pari laukkua ja katsoa, sisälsivätkö
ne tuttuja vaatteita. Ja kas, tutut vaatteet löytyivät lopuksi Elmon
osoittamasta laukusta vasemmassa reunassa. Ja taas aikaa tärvääntyi
parikymmentä minuuttia. Bussissa jälkiviisaat huomasivat, että laukkujen
avaaminen ei ole moraalisesti oikein eikä aina toimivaa. Ongelmaksi tulee se,
ettei välttämättä muista omia vaatteitaan tai edes niiden ominaishajuja.
Viisaat ehdottivat ratkaisuksi nimilappua laukun ulkopuolelle, ellei sitä jo ole.
Tai näkömuistin omaavalle lisäksi omaa valokuvaa. Mutta, jos on unohtanut
oman nimensä tai oman kuvansa, eivät nekään konstit auta. Laukun
ulkopuolelle voi laittaa huivin, narun tai nauhan pätkän, oman kravatin, sukan
tai sukkahousut. Kunhan muistaa, mitä laittoi ja tunnistaa laittamansa.

Bussi saapui ajastaan Marolankadulle. Myöhässä. Paikkaan, mistä oli
lähtenytkin. Jokainen näytti löytävän oman laukkunsa, osasi suunnata
hakijoiden, bussipysäkkien ja taksin suuntaan. Kotiinsa osaa suurin piirtein
aina suunnistaa. Vaikka vähän pätkisikin.

Pintaa syvemmälle
Sinikka Kallio

Tänään päivä ja yö ovat yhtä pitkät. Tällaisena päivänä kaikki alkoi ja tällaisena päivänä kaikki päättyy.

Havuneulasten raidoittama ja mäntyjen vartioima saunapolku mutkittelee mäeltä alas rantaan. Kai ja Tea astelevat vaitonaisina perätysten. Mökin pöydän ääressä se oli äsken yhdessä päätetty. Avioero. Päätöksen päälle on saunottava niin kuin aina ennenkin suurten kysymysten ratkettua. Nyt se tapahtuisi viimeistä kertaa, saunominen yhdessä miehenä ja vaimona. Järvi on tyyni toisin kuin parin mielet. Ilmassa tuoksuu kesän kauneus. Kaislikko, havupuut, järvi ja saunasta noussut savu. Tuoksujen sinfonia, joka on jättänyt pysyvän aistijäljen. Hyvän jäljen. On hiljaista, vain kuikan satunnainen huuto repii auki ilmaa.

Tea asettuu lauteiden toiseen päähän ja Kai toiseen lähelle kiuasta. Se kihisee veden pirskottuessa kiville ja kostea, tiheä höyry nousee sumentaen ikkunan ja silmät.

- Oletko helpottunut? Kai aloittaa tunnustellen.

- Olen ja en. Haikeaa. Kolmetoista vuotta ja ikuista rakkautta vannottiin. Mihin se katosi? Vai oliko sitä koskaan ollutkaan?

- Niin rakkaus on iso sana. En ole oikein koskaan ymmärtänyt mitä se tarkoittaa.

- Etkö sitten rakastanut? Alttarillakaan? kysyy Tea varovasti.

- Niin, totta kai tunteita oli. En kuitenkaan kokenut , että olisit ollut puuttuva puolikas tai ettenkö olisit voinut elää ilman sinua. Olen pahoillani, näin sanottuna se varmasti tuntuu tosi pahalta. On kuitenkin niin, että kukaan nainen ei ole herättänyt minussa sellaisia tunteita. Pidän sinusta valtavasti. Silloin ja nyt. Olet parhain ystäväni. Kaikki ihmiset ovat kuitenkin erilaisia, kaikki eivät tunne niin isosti. Kaikki eivät halua lapsiakaan tai tai edes seksiä.

- Totta! Ei sitä valoja vannoessaan tosiaankaan tiedä tulevasta, miten itse muuttuu tai toinen. Toisen sisin on lopulta mysteeri.

- Kyllä minä silti tekisin kaiken uudestaan. En kadu tätä. Sinun tulee muistaa aina se Tea!

- Ok! En minäkään kadu. Edelleen kuitenkin ihmettelen miksi valitsit minut, vaikka tiesit tunteistasi? Ajatus siitä ,ettet alun alkaenkaan tehnyt sinua onnelliseksi, loukkaa minua.

- En halua loukata sinua, olen pahoillani jos tunnet niin. Voiko kukaan tehdä toista onnelliseksi? Epäilen. On melkoisen iso vaatimus pyytää toista tekemään itsensä onnelliseksi.

- Et pyytänyt, halusin kovasti, että voisin tehdä niin, mutta olimmeko liian nuoria? Tea kysyy.

- Mikä sitten on oikea ikä, tiedä sitä? Aivan kakaroita oltiin, elämästä ei paljon

tiedetty. Elettiin hetkessä. Ajattelin, että oppisit tuntemaan minut vai tunnemmeko jo liiankin hyvin?
- Emme kyllä tunne! Minä en kyllä tunne sinua ollenkaan kaiken kertomasi jälkeen. Olen todella hämmentynyt. En pysty kuvittelemaan tätä ja mitä kaikkea tästä seuraa, Tea vuodattaa.
- Mennään uimaan, Kai ehdottaa.
Tea ja Kai nousevat lauteilta. Kai juoksee ja hyppää laiturilta tummaan veteen. Tea astuu varovasti rappusille ja antaa veden varovasti viilentää ihoaan. Kylmä kosteus tavoittaa Tean decolteen ja pian keho valahtaa veden syliin. Pariskunta ui rinnakkain hitaasti. Usva nousee.

...

Paluu saunalle on täynnä tihentynyttä hiljaisuutta. Tea miettii ja silmäilee Kaita varovasti. Leveitä hartioita, aataminomenan kaarta, parransänkeä, karvaista rintakehää ja selkää. Kaikki niin tuttua ja samalla nyt niin vierasta.
- Milloin tajusit haluavasi olla nainen? Tea ihmettelee ääneen.
- Se ajatus ei syty kuin lamppu. Vai tiesitkö sinä täsmälleen milloin tajusit olevasi tyttö?
- No en.
- Elämän aikana on tullut erilaisia olotiloja, joihin tuntee kuuluvansa ja tiloja, joihin ei miellä itseään. Leikin mielelläni tyttö_en leikkejä. Barbit olivat ihan best ja kotileikit. Leikkikaverini olivat useinmiten tyttöjä. Halusin pukeutua siskojen vaatteisiin. He pukivatkin minut mielellään , koska olin pienin ja melko tyttömäinen vaaleine kiharoineni. Poikien leikit olivat mielestäni liian rajuja, ne pelottivat suorastaan.
- Aivan. Minulle et kylläkään ole ollut yhtään feminiininen. En ole voinut mistään tajuta. Olenko ollut tyhmä vai sokea?
- Et varmaan kumpaakaan. Anna kun selitän vielä. Murrosiässä alkava miesten maailma ei miellyttänyt. Vierastin kaikkia joukkuepelejä ja niistä kohoavaa testosteronista uhoilua. Poikien kiihkoilu tytöistä tuntui kummalliselta. Olin mieluummin yksikseni. Sisäisesti tiesin jotenkin aina, että naisten maailma on minun maailmani. Lopullisesti se selvisi yhdellä lomalla vanhempieni kanssa. Siellä oli karnevaalit, joissa sekä homot että heteromiehet pukeutuivat naisiksi. Suorastaan ihastuin näkyyn ja tunsin outoa helpotusta. Silloin tajusin sen naiseuteni, mutta piilotin tunteeni. Oli pakko.
- Miksi piilotit? Vanhempien takiako? Onhan näitä nyt muitakin, vaikka kuinka paljon, Tea toteaa.
- Niin, vanhempien. Olin liian heikko. Ainoana poikana en olisi kyennyt ottamaan vanhempien surua vastaan. Nyt tilanne on toinen kun he ovat poissa.
Kai heittää lisää löylyä. Kuumuus ympäröi heidät ja saa ajatukset kääntymään entisestään sisäänpäin. Tea tuntee suurta surua, kun ei ymmärrä miksi Kai

valitsi hänet? Oliko hän vain suojakilpi valheelle. Oliko se mitä hän oli luullut
parisuhteeksi, rakkaudeksi vain valheiden repaleinen verkko? Mikä hän oli
naisena ollut Kaille? Oliko Kaille ollut vastenmielistä olla hänen kanssaan.
Miten nyt rakennan naisen identiteettini uudelleen? Miten enää voin luottaa
ja entä mitä hän selittäisi lapsille? Meille tulee uusi äiti. Saattekin kaksi, mutta
isää ei enää ole. Järjestetäänkö hautajaiset isälle ja ristiäiset uudelle
syntyvälle äidille.
- Milloin muutosprosessisi alkaa? kysyy Tea vakavana.
- Se on jo alkanut. Olen käynyt jo sukupuolen korjauspoliklinikalla tai
sukupuolen vaihdospoliklinikalla. Molempia sanoja käytetään. Minulle se on
vaihdos. Vaihdan sukupuolta.
- Se on aika surullista. En pysty oikein mitenkään ymmärtämään tätä. En ole
koskaan joutunut ajattelemaan tällaisia ihmisiä. En koskaan. Miten sinä olet
voinut elää kanssani kaikki nämä vuodet? Olet valehdellut minulle. Miten
minä enää koskaan voin tietää millainen on oikea heteromies? Tea painaa
päänsä polviin ja kuumat kyyneleen tipahtelevat varoittamatta. - Luuletko,
että tämä tekee sinut onnelliseksi. Ratkaisu on kaiketi pysyvä.
Kai nojaa vanhan tummuneen saunan seinään, nostaa leukansa ja sulkee
silmänsä. Hän hengittää syvään ja saa lopulta otteen ajatuksistaan.
- Tunnen syvää varmuutta ja rauhaa päätöksestäni. On vain tämä elämä.
Haluan elää sellaisena kuin olen. En tunne olevani mies. Tämän kertominen
sinulle on raskainta mitä olen koskaan joutunut tekemään. Totean vielä , että
aioin tosissani elää kanssasi perheenä. Nuorena vaan ei ymmärrä , että
tällaisen asian kanssa ei voikaan elää, jos aikoo saavuttaa harmonian
elämässään ja ehkä sen onnenkin. Luulen ja uskonkin , että en enää jaksaisi
elää valheessa.
- Ei naiseus ole pelkkää hametta tai koruja ja kynsilakkaa. Se on mielialojen
heittelyä joka armas kuukausi, vaihdevuodet. Se on tytöttelyä, mitätöimistä ja
huonompaa palkkaa. Se on lähentely-yrityksiä ja koskettelua. Se on myös
kaikkea tätä. Vai miksi sinä sen kuvittelet?
- Totta. En ehkä ole ajatellut asiaa noin pitkälle vielä. Täytynee ottaa pala
palata. Et kai sinäkään tiennyt kasvaessasi mitä naiseus tuo tullessaan? Minä
olen aloittanut kasvuni nyt. Tiedän jotain miehuudesta ja sitä en halua.
Kysymys on tunteesta, sisäisestä olotilasta. Sellaisesta tunteesta, etten
ilmennä ulkoisesti sitä mitä sisälläni tunnen. Tätä on vaikea selittää.
Esimerkiksi jos uskot jumalaan, sitä on vaikea selittää muille. Sitä vain uskoo.
- Onko tämä uskon asia sinulle? Tea tivaa.
- Paremminkin sisäinen tunne naiseudesta, usko jo. Minut on haastateltu
siellä poliklinikalla jo useaan otteeseen ja monen ihmisen taholta. Vielä tulee
kahden psykiatrin haastattelut. Projekti on pitkä. Ei tämä ole hetken
mielijohde. Kaiken voi vielä keskeyttää ennen leikkausta.
- Minkä kaiken?
- Hormonihoidon ja nimenvaihdot ja sellaiset. Muutokset voi tietysti jättää

näihin. Toiset jättävät, eivätkä halua mitään leikkauksia.
- Leikataanko sinut? Haluatko eroon munistasi?
Mielikuvitukseni ei edes riitä siihen miten se käytännössä hoituu. Varmasti se
on vaarallista. Kohtua ja kuukautisia et kaiketi saa ja ne jos mitkä ovat
naiseuden fyysistä ydintä.
- Voi tavaton sentään! huudahtaa Tea.
- En ole päättänyt sitä vielä, ei ehkä ole syytä käydä sitä leikkausta läpi juuri
nyt, sinulla on niin paljon sulateltavaa. Otan ensin murrosiän vastaan. Ehkä
rinnat kasvavat. Mielialat saan toki loppuiäksi. Vaihdevuosia en kaiketi saa,
koska hormonihoito jatkuu loppuiän.
- Ulkoisesti en näe sinua naisena. Sinulla on aika voimakas aataminomena ja
hyvä basso äänessäsi.
- Aataminomenan eli kilpiruston voi hioa ja äänihuuliakin leikataan. Kasvotkin
voi leikata.
- Mistä rahat, sinulla on kaksi huollettavaa lasta, huudahtaa Tea.
- Osa tulee perintörahoista ja otan lainaa. Se on vain rahaa.
- Toivottavasti haastattelevat hyvin ja huolellisesti. Olen lukenut, että monet
päätyvät lopulta itsemurhaan, kun eivät löydä itseään enää mistään. Mistä
todellakaan tietää mikä on mielisairautta tai häiriö omassa minäkuvassa.
Vaihdatko nimesikin?
-Tottakai! Enhän voi näyttää vain ulkoisesti naiselta. Nimihän on iso osa
identiteettiä. Eikö?
-No, mikä se on? Kai sekin on valmista, kun kaikki muukin tuntuu olevan? Tea
tivaa ikävällä äänensävyllä.
-Se oli helppo. Kohta olen Kia, Kai vastaa iloisena.
- Auton nimi, hörähtää Tea.
- Se oli vaan niin helppo, samat kirjaimet kuin nytkin. Koko nimi olisi Kia Liisa
Mäkelä.
- En tiedä olisiko äitisi Liisa ylpeä tästä, mutta ehkäpä hän hyväksyy sen
jossain taivaantulien tuolla puolen, hymähtää Tea.
     Teasta tuntuu ettei hän jaksa enempää. Hän nousee lähteäkseen
saunasta. Kai seuraa. Toistensa selkiä he eivät pese. Vaieten huuhtovat ja
poistuvat saunasta. Pukevat vaatteet, ottavat oluet ja siirtyvät verannalle.
Katsovat kun joutsenpari liitää ilmavin siiveniskuin yli järven häviten
hauraaseen sumuun.
Seuraa oluenmittainen hiljaisuus. Lopulta Tea katsoo miestään silmiin anoen.
- Olinko kuitenkin sinulle hyvä vaimo? Tea kuiskaa.

Muisto

Arja Etola

Vanhat vaelluskengät ovat kuluneet puhki.
Mokkakengät.
Lakerikengät.
Kumisaappaat.
Aamutossut.

Siivosin komeroa,
johon aika oli pysähtynyt.

Kaikki isäni jalkineet ovat teräsportailla jonossa.

Kolmekymmentä vuotta sitten
isä pyyhki jalkansa näihin portaisiin.

Ojensin käteni kohti isäni kenkiä
kyyneleet silmissä.

Maisemia ja "maisemia"

Kaikki harmaan sävyt

Timo Lukkarinen

Olin ajatellut, että kun yöllä on vähän kylmempää, niin illalla ennustettu vähäinen sade tulee lumena. Mutta ei lumi ainakaan maahan asti ollut satanut. Otin kävelysauvat ja lähdin l ikkeelle aamun hämärässä kostean harmaaseen metsään. Paikoitellen oli vähän liukasta, kun aikaisemmin viikolla polulle polkeutunut lumi oli melkein _äätä. Tihuutteli vettä ja välillä sade sakeni rännäksi ja metsä oli sumuinen ja hämärä.

Kävelin tähtitornin alapuolelta menevää latupohjaa urheilukeskukseen päin. Sumun hämärässä puun rungot erottuivat tummina pylväinä. Kuusen neulasiin kertynyt kosteus kiilsi pisaroina. Oikealla kohoava harjun rinne on melkein luonnon tilassa. Kaatuneita puita, oksia ja vähitellen paikoilleen lahoavia runkoja lojuu kuusikossa. Hämeenlinnan tieltä vaimeana kantautuva liikenteen kohina kertoo, että ei tässä kuitenkaan missään erämaassa olla. Joskus Fazerin leipomosta laskeutuu pullan tuoksu, joka peittää alleen polulla vallitsevan mätänevien lehtien ja märän sammaleen aromin, johon hajuaisti ei kävellessä juuri kiinnitä huomiota.

Polku nousee jyrkästi, ja kun en anna vauhdin juuri hidastua, kuulen rinteen puolivälissä vain oman huohotukseni. Mäen päällä hengitys alkaa tasaantua, kostea ilma on hapekasta ja helppoa hengittää. Tunnen kuinka pulssi on kohonnut ja hiki alkaa vähitellen kihota pintaan. Polku on tullut nyt mäntymetsään. Kauempana näkyvä sammal on syvän vihreää, mustikan varvut ovat pudottaneet jo lehtensä mutta kun silmäni osuvat punaiseen puolukkaterttuun erotan samalla sen kiiltävän vihreät lehdet, jotka eivät menetä väriään silloinkaan kun lumi peittää ne.

Polun varressa toistuvat jäkälän harmaat sävyt. Sitä on kivissä ja männyn rungoissa ja maassakin. Jäkälä näyttää joskus hohtavan harmaalta, melkein valkoiselta, mutta jos vieressä sattuu olemaan vastasatanutta lunta, erottaa kyllä, että väri on harmaa. Kallion pinnan laikuissa jäkälä voi olla melkein mustaa.

Muistan, kuinka kerran kauan sitten ajettiin yhtenä marraskuun lopun aamuna Helsingistä pohjoiseen johonkin kokoukseen tämmöisessä syksyn säässä. Matkalla porukan keskustelun aiheena oli enimmäkseen aikainen aamuherätys, ulkona vallitseva pimeys ja surkea sää. Monien mielestä loskainen marraskuu oli ankeuden huippu. Kun tulimme perille, oli jo vähän valoisampaa, mutta sumu ja hämärä jatkui koko päivän. Kokouspaikan pihalla oli vastassa vanha ystävämme, joka toivotteli tervetulleeksi ja osoitti sumuiselle järvenselälle ja sanoi, että katsokaa miten ihana ilma, todella upea sää.

Autosta purkautunut joukko oikoi jäseniään eikä kukaan halunnut yhtyä ystävämme sään ylistykseen. En ollut varma, oliko mies ihan vakavissaan, vai koettiko hän tahallaan saada aikaan hämmennystä. Hänestä ei aina tiennyt mitä hän ajoi takaa. Hän jatkoi, että tämmöisessä säässä erottuvat kaikki harmaan sävyt. Osoittaessaan tyynellä järvellä näkyvää saarta ja vastarannan hämärää silhuettia mies kertoi, että oli ollut aamupäivällä valokuvaamassa mustavalkoiselle filmille. Mutta kuvissa ei ole mustaa eikä valkoista, vaan lukemattomia harmaan sävyjä. Minullakin oli siihen aikaan kamera, mutta käytin enimmäkseen värifilmiä. Pidin mustavalkoista jotenkin vanhanaikaisena. Siitä lähtien olen katsellut syksyn sumuista hämärää uudella tavalla.

Polku etenee hieman alaspäin ja muistan missä kohtaa näin kesällä valkoisen kissankellon. Kauempaa ihmettelin ensin, että tuossahan on vanamo, mutta kun kumarruin katsomaan kukkaa lähemmin, totesin että se on albiino kissankello. Olen nähnyt saman kukan jo useampana kesänä, mutta en ole kertonut sen tarkkaa sijaintia kenellekään. Kerran istui kettu keskellä polkua. Sillä ei näyttänyt ensin olevan kiirettä minnekään, mutta kun sain kännykän kaivetuksi taskustani, siitä ei näkynyt enää häntääkään.

Sitten on taas jyrkkä nousu. Se on lyhyt ja yritän mennä sen niin vauhdikkaasti kuin pystyn. Kun pääsen ylös, huohotan melkein henkeäni haukkoen ja pulssi on kohonnut lähelle maksimia. Jos pumppu nyt yhtäkkiä pettäisi, olisi hautausmaa ihan vieressä. Verkkoaidan takana erottuvat sumussa hautakivien kultaiset kirjaimet. Mutta näkyy siellä olevan tasaista nurmikkoakin. Joskus ohi kävellessäni olen miettinyt, että tuolta saattaisi löytyä sopiva tontti minullekin loppusijoituspaikaksi. Kun nurmen alla nukkuminen alkaisi kyllästyttää, voisi sieltä pehmeästä hiekasta helposti nousta jaloittelemaan tutuille lenkkipoluille.

Kurkisuo

Eila Jokinen

Varhaiskeväinen aamu, huhtikuun loppua. Hän oli lähtenyt matkaan polkupyörällä. Hiekkatie myötäili kosteana renkaitten alla. Metsä humisi vaimeasti. Jossain kuusien välissä risahti. Hirvi kenties. Tai kettu. Kaupalla kertoivat eilen, että ne ovat tulleet. Jo kahtena päivänä olivat ohi kulkijat nähneet ison parven kurkia levähtämässä kotiin tuloaan suolla. Ja siitä syystä hän oli nyt menossa Suursuolle. Kameralaukku painoi olkapäätä ja selkää. Tavaratelineen korissa oli huolellisesti laskostettuna sadehousut ja -takki.

Suon reunassa hän laittoi pyörän nojalleen puuta vasten, pukeutui sadevaatteisiinsa. Lähti kulkemaan yli hyllyvien mättäiden. Jalat muljahtelivat välillä veteen. Onneksi oli nämä keltaiset kumisaappaat, hän ajatteli ja jatkoi eteenpäin. Vähän kauempaa kuului teräviä toitotuksia. Kurjet juhlivat kevättä. Niitä hän oli tullut täältä etsimään. Tuolla! Muutaman pienen känkkyrämännyn ja melkein umpeen kasvaneen lammen luona! Komeita!

Oli päästävä lähemmäs. Märästä maasta huolimatta oli edettävä mahdollisimman hiljaa, melkein ryömien, jottei pelästyttäisi lintuja.

Saappaat hankasivat jalkaa, pusero ja farmarit tuntuivat jo nyt nihkeiltä sadeasun alla. Rahkasammal tuoksui, ja talven jäljiltä vielä ruskean kuivat suopursut kutittivat karheasti poskea. Kurjet olivat tuossa, kuvausetäisyydellä. - Naks!

Ensimmäinen otos. Kaksi suurta lintua niin lähellä. Pyörivät, hyppivät ihmeen kevyesti ja juosta pyrähtelivät toistensa ympärillä. Kurottelivat kaulaansa oikealle ja vasemmalle, kohottivat sen kohti taivasta ja huusivat pilviin. Kosiomenot parhaillaan menossa, kevätkiimainen tanssinäytelmä kaikessa voimassaan ja kauneudessaan.

Hän makasi niin hiljaa kuin mahdollista, ettei pelästyttäisi lintuja. Nosti kameransa, tarkensi. - Naks naks naks... Kuva toisensa jälkeen tallentui kameraan. Tässä hänen edessään oli suunnitellun opinnäytetyön alku. Ensimmäinen päivä kesän mittaiselle työlle.

Syvimpien suonsilmäkkeitten keskellä isolla mättäällä oli risukasaa muistuttava pesä. Haudonta oli alkanut. Pesän keskeltä erottui matalana harmaata sukkulaa muistuttava linnun selkä. Toinen linnuista kävellä koikkaroi pesän ympärillä, hätisteli välillä pois röyhkeitä variksia, kiikutti löytämänsä sammakon pesässä olijalle.
- Naks naks naks, sanoi kamera vaimeasti.

Hän makasi suon reunassa tänään kuten monena edellisenäkin päivänä. Seuraili kurkiparin elämää, poikasten kuoriutumisen odotusta ja ympärillä leviävää suota, joka päivä uudenlaista maisemaa. Kevät väistyi kesän tieltä. Lakka oli jo varistanut valkoiset terälehtensä. Suopursut röyhysivät kukkaterttujaan. Niiden valkoinen vahva tuoksu sekoittui sammalen

vaimeampaan vihreään. Pyöreälehtisten kihokkien punaisilla lehdillä kiilsi tahmeita houkutusmaljoja. Hän oli muutaman kerran nähnyt, miten hyttynen laskeutui lehdelle ja päätyi kihokin ruoaksi. Kuoleman kauneutta, hän oli ajatellut ja napannut kuvan. - Naks! Siitä tuli hieno.
Poikaset olivat kuoriutuneet ja kurkottivat uteliaasti maailmaa pesältä. Molemmat isot linnut kantoivat niille ruokaa ja hätistelivät röyhkeitä variksia loitommalle. Metsän reunassa, kuivan puun latvassa istui korppi, klonkkui kumeasti..
Hän oli tullut suolle joka päivä poikasten kuoriuduttua. Hän halusi tallentaa kameraansa mahdollisimman tarkasti joka hetken siitä, miten poikaset kömpivät pois pesästä, pulahtivat uimaan ympärillä olevaan veteen, kiipesivät mättäille vanhempien valvoessa, ettei metsänrajassa vaaniva kettu tullut liian lähelle. Hän halusi nähdä, miten kurjenpojat aloittivat elämäänsä omin jaloin, opettelivat etsimään ruokaa, astelivat vuoroin kömpelösti, vuoroin rohkeasti hyppien rahkasammalen ja varpujen peittämillä mättäillä, kurottivat arasti punertuvia karpaloita. Suon valtiaslintujen perhe-elämää hän halusi kuviinsa mahdollisimman paljon ja tarkasti.
Kotona varoittelivat jatkuvasta suolla ramppaamisesta. Kai nyt vähempikin määrä kuvia riittäisi. Kunnianhimoa pitää olla, mutta liika on liikaa, sanoivat. Hukut vielä jonain päivänä suonsilmään, on sellaista joskus tapahtunut... Hän sulki korvansa sanojilta. Suo, sen värit ja tuoksu, eivät pelkästään kurjet, lumosivat ja kutsuivat. Voimakkaasti.
Poikasten kasvamiseen ja lennon oppimiseen kului viikkoja. Kun nuoret linnut ensi kerran kohosivat siivilleen, hän itki ilosta.
- Naks naks naks, sanoi kamera.
Syksy läheni ja lähdöt: linnut pian etelään, hän opiskelupaikkakunnalleen. Kun ei enää tarvinnut poikasten vuoksi varoa menemästä liian lähelle pesää, hän päätti lähteä tutkimaan, miltä isojen lintujen koti näytti. Jos siitäkin vielä ottaisi kuvan.
Märät turvemättäät keinuivat uhkaavasti jalan alla. Ruskeaa suovettä solahteli saappaan täydeltä. Saraheinät keinuivat varovaisen kulkemisen tahtiin. Askel ja askel ja askel... Vielä kymmenen metriä, viisi... Pesällä. Siellä makasi kuollut kurjenpoikanen höyhenillä ja sammalella pehmustetulla petillä, hylättynä. Ei ollut kuoriutumista enempää ehtinyt elää.
- Naks. Niin surullista.
Korppi klonkkui kelopuun latvassa. Ylhäällä taivaalla kaarsi haukka. Kurkiperhe liikuskeli arvokkaasti jalkojaan nostellen suon toista reunaa, eivät enää välittäneet kulkijasta, hän sai kulkea rauhassa, ei enää tarvinnut piilotella. Poikaset olivat jo melkein aikuisen linnun mittaisia, valmiita pitkälle lennolle. Kesän kestänyt työ oli tehty. Vielä viimeiset kuvat.
Hän kääntyi pois. Lähteäkseen.
Jalat upposivat syvälle turpeeseen. Suovesi kupli, askel upposi mättäiden väliin.. Hän yritti kiskoa itseään irti, mutta vajosi vielä syvemmälle. Ei tähän

voisi jäädä, oli päästävä pois. Mutta miten?

Kauhu nousi pintaan ja kaikki tarinat suonsilmäkkeisiin hukkuneista ihmisistä ja eläimistä. Tarinat, joita kerrottiin pirtissä pimeinä iltoina ja kylän kaljabaarissa. Entä jos hänkin tänne. . Piti varoa, ettei kamera kastu, kallis laite. Sen hihna hiersi kipeästi niskaa. Suon toisella laidalla kulkivat kurjet. Hylätyssä pesässä makasi kuolemaan kuoriutunut lintu. - Tuleeko kukaan etsimään häntä, vai tähänkö kaikki loppuu? Missä vaiheessa ne kotona huomaavat, että hän on viipynyt liian pitkään? Hän yritti ottaa kännykän taskusta, se putosi mättäiden väliin, luiskahti veteen.

Aika kului. Varikset lensivät lähelle. Ihmettelemään. Suo tuoksui seisovalle vedelle ja mädäntyville kasveille. Taivaalle nousi sadepilviä. Hän yritti riuhtoa itseään ylös, mutta vajosi vielä syvempään. Väsytti. Paleli. Pelotti.
- Ulla, missä sinä olet! Ullaaa! Ulla hoi!

Tuttuja ääniä, tuttuja tulijoita. Avustavia käsiä. Ne vetivät, kiskoivat... Turve antoi tuhahtaen myöten. Irrotti otteensa. Suovesi kupli. Saappaat jäivät. Ja villasukat.
- Me jo aateltiin, että missä se tyttö.. Sinne olisit jäänyt, jos ei olis tultu...
Kolme päivää myöhemmin hän ajeli vielä kerran suon reunaan. Syksyn ruskea, oranssi ja kulta alkoivat jo peitellä mättäitä talven tuloon.

Taivaalta kuului trumpettien ääni. Kurkiaura leikkasi pilviä. Ehkä siinä olivat mukana hänenkin kurkensa, kaikki neljä.
- Naks naks, kamera tavoitti auraa, lähtijöitä. - Naks naks naks.

Suo värjötti yksinäisyyttään. Korppikin oli jättänyt kelopuunsa.

Kotimuseo

Eija Orpana

Koostaan huolimatta tämä pieni kaupunki on saanut elää ja kokea voimallisesti historiamme suuret juhlahetket ja julmuudet. Puistojen hehkuvat kukkaistutukset loistavat vielä tovin suurten koivujen, lehmusten ja vaahteroiden katveessa houkuttaen kulkijaa pysähtymään. Puiston laidalla oleva muuan vanha rakennus, jonka ovessa kyltti Veteraanin kotimuseo, saa naisen pysähtymään aivan kuin häntä odotettaisiin kylään.
- Minäkään en ole koskaan käynyt museossa, toteaa naisen seurassa oleva kaupungissa lukemattomia kertoja vieraillut miltei naapurista kotoisin oleva mies.
 Samassa museon ovesta ulos tullut hoikka, tyylikäs mies on jo astumassa pihalla odottavaan autoonsa pysähtyen hetkeksi katsomaan kadulla seisovaa pariskuntaa. Kuinka usein hän onkaan aikanaan juossut ovesta sisään ja ulos kiinnittämättä sen kummempaa huomiota ympäristöön ja kadun kulkijoihin. Vieressä oleva Kruununpuisto ja koski sen takana ovat hiljaisia kuin valmistautumassa viikonlopun lepoon nekin tänä syksyisenä jo koleahkona perjantai-iltapäivänä.

Mies oli päivän aikana kulkenut jälleen vuosikymmenten matkan historian hiekkateitä ja muistojen maisemia uudelleen ja uudelleen esitellessään museota ja käydessään kotinsa yläkerrassa yhä asuvan iäkkään äitinsä luona. Samalla hänelle oli palautunut mieleen oman lapsuutensa painajaisunien katkomat yöt jolloin äiti sai usein valvoa kauniissa lastenhuoneessa esikoisensa, Jorman, sängyn vierellä.
Jorma havahtuu muistoistaan kuullessaan pariskunnan keskustelevan museosta ja sen ainutlaatuisuudesta. Hän tarkkailee ohikulkijoita hetken, nousee ulos autosta ja keskeyttää kysymyksellään heidän keskustelunsa.
- Voitteko tulla huomenna katsomaan museota, koska se on tältä päivältä jo suljettu, Jorma kysyy pariskunnalta.

Kuultuaan että tämä on naiselle ainoa päivä kaupungissa eikä seuraavasta käynnistä ole tietoa Jorma sammuttaa autonsa moottorin. Jokin outo tunne saa hänet perumaan lähtönsä kotiin ja tarjoutumaan esittelemään museota vierailijoille.

Astuessaan sodanaikaisten tapahtumien muistoilla täytettyyn yksityiskotiin, nainen jotenkin aavistaa löytävänsä lisää vastauksia niihin moniin kysymyksiin joita ei ehtinyt ja osannut omalle veteraani- isälleen esittää. Saadessaan koskettaa puujalustaan kiinnitettyä rosoreunaista, tikarinterävää kranaatinsirpaletta nainen ymmärtää kuinka vaikeaa ja tuskaista isälle oli ollut kuvaille näkemiään moisten sirpaleiden aiheuttamia tuhoja..

Historiallisesti arvokkaan kulttuurikodin aulan vanhojen ase- ja

lottapukujen haju sekoittuneena salin flyygelin kannella maljakossa olevien
tuoreiden ruusujen tuoksuun tänä syksyisenä iltapäivänä 2019 saavat mielen
hiljaiseksi ja mietteliääksi. Julman sodan syttymisen syksystä on pian 80
vuotta, mutta kuinka hauras ja haavoittuva maailman rauha yhä on.

Valopilkku
Sinikka Kallio

Mökki on Suomen "Mekka ", miettii Heli. Sinne vaelletaan kesäisin ja useat tekevät pyyhiinvaelluksiaan syrjäiselle mökilleen läpi vuoden. Mökillä hiljennytään ja erakoidutaan. Keskitytään olennaisiin , itseen ja luontoon. " Metsä on suomalaisen kirkko, myös minun ",ajattelee Heli. Taivaisiin kurottavat puut kuljettavat ihmisten ajatukset korkeuksiin. Luonto antaa kaikille olevaisille tilaa ja mahdollisuuden hengittää omaan tahtiin. Luonto antaa lahjoja joita et muualta saa. Näiden tunnelmien perässä Helikin on jälleen mökilleen palannut.

Heli nousee loivaa rinnettä mökille. Kesä on ohi ja lempeä viileys on täyttänyt tienoon. Tyyni järvi peilaa pilvisen taivaan. Keltainen kaislikko seisoo hiljaa. Mäntyjen välistää vilahtelee mökki. Harmaa on värittänyt mökkien hirret, sään ja Helin mielen. Ristiriitaa ei ole ajatusten ja luonnon välillä. On turvallista.

Heli riisuu saappaat rappusille ja kippaa halot koppaan. Ottaa muutaman klapin mukaansa mökkiin ja lisää ne takkaan. Heli odottaa Ullaa saapuvaksi mökille. Ulla on vertaistukiystävä "Mielenmaisemia "- ryhmästä. Ryhmä koostuu seitsemästä masennusdiagnoosin saaneesta ihmisestä. Ryhmä kokoontuu keskustelemaan viikoittain ja toimintaryhmä on pari kertaa kuussa. Ulla ja Heli ystävystyivät melko nopeasti. Ulla on Heliä parikymmentä vuotta vanhempi. Hän oli ehtinyt keriä auki masennuksen syyt ja sairastumisen jo vuosia sitten .Ulla oli toipunut kohtalaisesti sairaudestaan. Hän kuitenkin tietää , että masennus väijyy nurkan takana ja on siksi päättänyt käydä loppuikänsä ryhmässä tukea antaen ja saaden. Heli oli mieltynyt heti Ullan valoisaan olemukseen ja iloisiin silmiin ja koki samalla , että toivoa on. Viimeistään toimintapäivänä ystävyys sinetöityi pullia leipoessa. Tunti saikin nimensä , Ullan pullaterapia, vaikka he toki muutakin mielenvirkistyksekseen tekivät.

"Minun ei olisi koskaan pitänyt aloittaa masennuslääkkeitä", ajattelee Heli kohentaessaan tulta takassa. Lepo ja työpaikan vaihto olisivat olleet siinä tilanteessa parempi ratkaisu. Silloin hän ei pystynyt päättämään toisin ja luottamus lääkäriin oli iso. Jospa vain olisi tietänyt minkälainen polku olisi tarvottava ennen kuin kohtalaisesti sopiva lääke olisi löytynyt. Vuoden ajan lääkettä etsittiin. Sivuvaikutukset olivat rajuja, pahoinvointia , ripulia, suunkuivumista, rankaa väsymystä, agressiivisuutta , libidon laskua ja jopa masennusoireiden lisääntymistä. Uusi lääke aloitettiin vähitellen ja sen nostamiseen meni viikkoja ja sopimattoman alasajo vei saman verran. Lopulta lääkitys löytyi ja oireista jäi vain väsymys ja libidon lasku. Lääkäri totesi, että Helin onkin hyvä nukkua kaikki paha pois. Libidon laskusta kukaan ei ollut kiinnostunut. Lääkityksen Heli sai, koska menetti toimintakykynsä kokonaan työpaikasta lähtemisen jälkeen ja syyllisti kaikesta sitä ennen tapahtuneesta itseään.

Helillä oli ollut työpaikalla esimies, joka oli kiusaaja. Kaikki sen tiesivät. Esimies itse oli jo eläkeiän ohittanut neiti ja ammatiltaan psykologi. Se teki puuttumisen vieläkin vaikeammaksi. Kiusaamista oli monenlaista. Tyypillistä oli, että esimies tuli juuri ennen Helin kotiinlähtöaikaa antamaan lisätehtäviä seuraavalle päivälle. Juuri tällaiseen tapahtumaan Helin kamelinselkä katkesi. Hän oli tehnyt jo yli kaksi tuntia ylitö tä, kun oveen koputettiin. Hymyilevä esimies kurkistaa oven raosta ja ojentaa Helille lähes satasivuista mietintöä ja pyytää tätä antamaan lausuntonsa seuraavana päivänä.

Esimiehen lähdettyä Heli puristaa paperinivaskaa rintaansa vasten ja vetää henkeä. Hän katsoo kelloa ja räjähtää kuin tulivuori ja sinkoaa paperit ympäri huonetta. Heli lähtee kotiin. Siellä hän istuutuu koneen ääreen ja irtisanoutuu. Esimies, joka ei koskaan ollut suoranaisesti ilkeä, lähestyy Heliä kehuen ja kiittäen ja pyytää tätä perumaan irtisanomisensa. Johtajakin taivuttelee Heliä ja he kaikki sopivat, että Heli jatkaa vielä kesään asti. Heli miettii nyt, että se oli suuri virhe. Ol si pitänyt lähteä heti, sillä kiusaaja ei muutu eikä lähde. Itse itsensä on pelastettava.

Kesän hän nukkuu ja niin etenee syksykin, jokin selittämätön vetää häntä suureen mustaan aukkoon. Näissä tunnelmissa Heli vastaanotti lopulta reseptin, johon kuitenkin suhtautui nahkeast.

Keltainen auto ajaa pihaan.

- Hyvää syntymäpäivää Heli! huudahtaa Ulla ja kantaa mukanaan kakkua. Mitä tänne kuuluu? hän jatkaa.

- Kiitos hyvää, tosi kiva kun tulit, aloinkin taas mietiskellä liikaa täällä yksikseni.

Oli kiva tulla. Nyt katetaan pöytä ja keitetään kahvit.

Kahvin aromit täyttävät mökin ja ystävykset istuutuvat pöydän ääreen.

- No mitäpä mielen päällä? kysyy Ulla.

- Lopetin lääkityksen.

- OHO! Koska?

- Kuukausi sitten vähitellen. Viikko sitten otin viimeisen napin.

- No, miltä tuntuu? Ullan ilme on huolestunut.

- Mieli on ihan tavallinen, mutta vatsaan sattuu.

- Olen kuullut tuosta, että saattaa tu la fyysisiä oireita. Rankkojakin. Kauanko söit niitä kaiken kaikkiaan?

- Kolme vuotta. Heli toteaa.

- Lopettamiseen olisi kaiketi pitänyt käyttää kolme kuukautta.

- Ai.

- Miksi sitten päädyit tähän ratkaisuun? ihmettelee Ulla.

- Halusin tunteeni, elämäni värit takaisin. Nyt minulla on pitkään mennyt hyvin, on työ ja sinä. Olisipa vielä kissa ja saisi halia! huudahtaa Heli toiveikkaana.

- Odotapas. Ulla menee ulos ja palaa autolleen, nostaa takakontista korin ja
tuo sisälle. Laskee varovasti Helin eteen pöydälle.
- Lisää pullaako? kysyy Heli hämmästyneenä ja nostaa korin päällä olevaa
liinaa. Pienet kissan silmät tuijottavat Heliä arasti korin pohjalta.
- Hän on VALOPILKKU! ONNEA!

Matka

Mirja Lasila

Johanna makaa mukavassa lepotuolissa ja kuuntelee miesäänen ohjeita hiljaisen musiikin soidessa taustalla. Kun hän on saavuttanut syvän rentoutuneen tilan, ohjattu matka menneeseen voi alkaa.

Avaruudesta käsin maapallo näyttää hyvin pieneltä. Alhaalla erottuu pieniä valkoisia pisteitä, jotka lähestyttäessä maankamaraa osoittautuvat rakennuksiksi. Palatseja, taloja, isoja rakennuskomplekseja, rähjäisiä kojuja ja slummeja. Ihmisiä tungeksii kaikkialla. Pian tarkentuu että kyseessä on Intia. Tultuaan maanpinnalle Johanna havaitsee olevansa kivimuurien ympäröimällä, marmorilaatoilla päällystetyllä sisäpihalla. On hiljaista, ei yhtään ihmistä, ei mitään elämää.

Etäämmällä pihalla on puutarha, suihkulähteitä ja erilaisia patsaita. Johanna kävelee turhautuneena ympäri laajaa pihaa, tulee lähteelle, kumartuu katsomaan vedenpintaa ja näkee siellä heijastuvan oman kuvansa. Hän tajuaa olevansa nuorehko intialainen nainen, yllään kaunis värikäs sari, arvokkaita koruja ranteissa, korvissa ja kaulalla. Kasvot ovat surulliset, hän on onneton ja ahdistunut. Hän tiedostaa nyt koko totuuden, miten hän on miehensä, hirmuhallitsijan vanki. Yksinäinen, vailla ystäviä, perhettä, vapautta ja kaipaamiansa perillisiä. Rikkauksia heillä on yllin kyllin, mutta sillä ei ole mitään merkitystä, sillä elämästä puuttuu ilonaiheet. Hän on hyvin onneton tässä järjestetyssä liitossa. Ulospääsyä tästä ei tunnu olevan.

Miesääni tunkee tajuntaan, ohjaa takaisin tähän hetkeen. Tunnelma luentosalissa on uskomattoman tiivis. Lähes kaksikymmentä kurssilaista palaa matkoiltaan. Tunteiden skaala on laaja. Näkyy hymyileviä, iloisia, hämmästyneitä ja jopa kauhistuneita ilmeitä.

Polttavat kyyneleet virtaavat pitkin Johannan poskia. Ne ovat onnenkyyneleitä. Olo on suorastaan pakahduttavan onnellinen, helpottunut ja kiitollinen. Sillä hetkellä hän ymmärtää tuon matkan tarkoituksen ja opetuksen. Kiitollisuus lapsista, perheestä, ystävistä ja vapaudesta kumpuaa mieleen. Nämä asiat ovat aina olleet etusijalla hänen elämässään, eikä materialismi ole koskaan ollut tavoiteltava elämänarvo – ainakaan ensisijainen.

Viikon mittaisen hyvänolon- ja mielenhallinnan kurssilta tuli unohtumattomia kokemuksia. Luennot, rentoutusohjelmat, syvälle luotaavat mielikuvamatkat sekä yhdessäolo mahtavassa ryhmässä ja luonnonläheisessä ympäristössä antoivat eväitä reppuun joilla taas jaksaa eteenpäin.

"Maailmankuvani taisi taas hieman laajertua", Johanna ajatteli ajaessaan kurssipaikalta kotiin.

Kokemusta rikkaampi

Eija Orpana

"Tervetuloa kuntoutukseen rouvat! Hissillä toiseen kerrokseen ja ruokasalin poikki oikealla kaartavaan käytävään. Huone numero 11. Olkaa hyvät."
Hoitaja on opastanut meidät viiden päivän yhteiseen kotiimme.
Kuntoutuskodin kammariin.

Väliseinänä vaalean sininen ja vihreä verho jolla voi erottaa oman reviirin. Iso ikkuna, jonka takana vanha upea pihlaja täynnä punaisia marjoja ja pieni ikkuna, jota voi pitää raollaan myös yöllä jotta ilma riittää aamuun asti. Kaappi- ym. säilytystilaa on ruhtinaallisesti ja pistorasioita kerrankin riittämiin. Yhteensä 18 kpl ja yksi lisää pesuhuoneen kaapissa. Oikein moottorisängyt ja oma televisio ja CD-soitin- radio ja vanhanaikainen kasettisoitinkin on lipaston päällä. Isonappulainen lankapuhelin on näköjään minun yöpöydälläni, jos tarvittaisiin sellaista. Mutta me someajan "lotat" pärjäämme kännyköillä ja kunnon suurennuslasilla!

Käsien puhtaudesta ainakin pidetään huolta. Huoneeseemme kuuluu kaksi lavuaaria, toinen huoneessa toinen toiletissa, viisi pulloa käsidesiä, kolme isoa pulloa hius- ja kroppasampoota ja vielä yksi pötti ruumisrasvaa, kuten tapanani on näit koko kehon voiteita kutsua. Ei tältä osin valittamista. Ja puhtaushan on puoli ruokaa, on vanha sanonta.

Illansuussa tuodaan seuraavan päivän kummallekin omat räätälöidyt ohjelmat yöpöydille. Ja isolla fontilla präntättynä, että varmasti nähdään lukea. Tässä 1. päivän ohjelma.

```
 9:00  PARAFIINI
11:00  ISTUMAJUMPPA
13:00  YKSILÖTERAPIA  (HIERONTAA/ JALKAHOITOA/ JUMPPARIN OHJEITA)
13:45  BINGO
15:30  KESKUSTELURYHMÄ
```

Ohjelmien väleissä aamupala-lounas-päiväkahvi-päivällinen ja iltapala ja lisäksi jokaisen omaehtoiset ulkoilut. Eipä ole kävelytiellä tungosta! Vaan meidän kammarista lähdetään joka päivä pihalle ainakin puolen tunnin keppikävelylle.
Kolmannen päivän illalla klo 18:00 tulevat vielä Panssariprikaatin soittajapojat musisoimaan ja laulattamaan meitä. Kuulemma harjoitusilta uusille soittaja-alokkaille. Monikohan mahtaa lauluun yhtyä? Sen verran haperoisessa kunnossa on iso osa kuulijakuntaa. Päät alkavat monella nuokkua aika aikaisin päivällisen jälkeen.

Päivät kuluvat nopsaan, vaikka tullessa hieman epäilin. Tänään on jo kolmas päivä. Jalat on hoidettu, kuntosalilla hikoiltu, keinutuolijumppaa kokeiltu.

Kohta on savihoidon ja hieronnan vuoro. Luksusta! Mikä leppoisa päivä. Tähän voisi tottua.

Nyt saan vielä hetken istua tässä ja kuunnella Vivaldi ja Mozartia, naputella ajatuksiani ja kokemuksiani koneelle. Ja pysähtyä pohtimaan: mitä nämä päivät ovat antaneet ja opettaneet? Ainakin lisänneet ymmärrystä monesta asiasta ikäihmisten elämässä, vanhenemisesta, raihnaisuudesta, sairastamisista. Muistuttanut kuinka tärkeää on hoitaa ja huoltaa itseään kun siihen vielä itse pystyy vaikuttamaan.

Täällä on sodassa taistelleita ja vammautuneita veteraaneja, sota- ja kotirintamilla työskennelleitä lottia, ikääntyneitä vanhuksia joista osa asuu täällä vakituisesti. Osa nuorempia hoidettavia siirrettynä tänne sairaalasta kuntoutumaan mm. polvi- ja lonkkaleikkauksien jälkeen. Rollaatorirolssit miltei kaikilla ajopeleinä. Elämä opettaa lopulta hiljaa kävelemään, tapasi isoäitini sanoa, kun 90 vuotiaani alkoi askel lyhentyä. Elämän oppitunnit jatkuvat loppuun asti.

Monessa paikassa olen ajatuksiani kirjoitellut, mutta tämä paikka on koskettanut syvältä. Väkisinkin nousee muistoja oman veteraani-isän avustamisesta, kun autan täällä ruokasalissa tarjottimien kantamisessa pöytänaapureita. "Olet varmaan ollut joku hoitaja kun homma käy noin ripeästi", kysäisi eräs pappa kiitellen kun hain hänelle kahvit. Hoitamista. Sitä on riittänyt elämässäni, vaikka en ole saanut kuin kauan sitten lastenhoitajan koulutuksen ennen muita ammatteja. Apuni on pientä, mutta huomaan miten pienellä voikaan tuoda iloa ihmisen päivään.

No niin, jatketaan. Nyt on minua vuorostani savella lämmitetty ja selkää hierottu. Ihan reipas nuori hierojapoika ja hyvät hyppyset. Vähän harmitti kun ei pystynyt puhumaan ja hieromaan samaan aikaan... ja oli kova puhumaan. Toki hyväähän se pienikin paijaus tässä elämäntilanteessa tekee, siksi en valita.

Päivälliseksi pinaattikeitto ja kananmunaa. Harvinaista herkkua tuo kolesterolihysterian karkottama kanojen suoma ravinteikas herkku, tosin minä olen omasta pyynnöstäni saanut yhden kananmunan päivässä. Se on sujautettu kuin salaa pikkukipossa kannen alla. Ilmeisesti etteivät muut asukkaat ala kyselemään.

Viimeinen ohjelmapäivä. Tänään ei ollut yhteisenä iltapäiväohjelmana bingoa vaan keskusteluohjelmaa juhlasalissa n. tunti. Meitä istui tuolipiirissä kymmenkunta asukasta. Ohjaaja, 23 vuotta talossa ollut tänään 56 vuotta täyttävä lähihoitaja oli komennettu pitämään ohjelmaa. Hän oli valinnut ohjelmakirjasta kohtia joiden mukaan toimi ja esitti kysymyksiä.
- Jos sinun pitäisi luopua olohuoneesta tai makuuhuoneesta, kummasta olisit valmis luopumaan?
- Kummasta voisit luopua televisiosta vai puhelimesta?
- Kumman valitset radion vai sanomalehden?
- Kummasta luopuisit pesukoneesta vai tiskikoneesta? Tämä kysymys sattui

minulle. Arvaas kummasta luopuisin?

Erilaisilla kysymyksillä jatkettiin. Mikä mauste olisit? Mikä auto olisit? Pahin/ paras paikka missä olet nukkunut? Jne. "Onpa tyhmiä kysymyksiä", kuiskasi saatettavani. Pari muuta ei kuullut kun sali kaikui ja kuulalaite vinkui Muutama arveli että kahvi on valmis ja ampaisi ruokasaliin, joten ohjelma loppui lyhyeen kun osallistujat loppuivat kesken kisan.

Päiväkahvin jälkeen seuralaiseni levätessä hoitojensa jälkeen livahdin hetkeksi yksin ulos pienelle sauvakävelylle. Aikaa riitti vielä puoli tuntia reisien kiinteytykseen, kuntosoudulle ja pyöräsprinteille talon kuntohärpäkkeillä. Hien sai hyvin pintaan ja kunnon hengästymisen, eli maaliin meni päivä.

Päivällisen jälkeen toinen meistä haettiin saunaan ja minä lähdin etsimään kadonnutta kuulolaitetta. Sillä vain korvaosa oli korvassa, kun saunanuttua alettiin pukea päälle. Hoitaja hätääntyi ja hälytti etsijät hoito-osastolle, missä kojeen käyttäjä oli ollut. Minä kävin katsomassa vielä ruokasalin reitit, josko olisi pudonnut matkalla. Turhaan. Päätin kurkistaa naapurini yöpöydän laatikkoon jossa tiesin laitteen koteloa säilytettävän yön ajat. Ja siellähän laite oli. Siis vain pelkkä korvaosa oli ollut päivällä käytössä. Ihmettelinkin vähän kuulon heikkoutta.

Vihdoin ovat kaikki päivän palaset kasassa. Saatettavani saunotettu, kuulolaite huollettu. Iltapala nautittu ja talo hiljenee nopeasti. Bachin ihana viulukonsertto soi hiljaa tuossa vieressä Spotifystä ja saan naputella tätä matkamuisteloa kaikessa rauhassa tälle jo vanhalle pikkuläppärille. Sopii vanha kone hyvin tähän tunnelmaan. Tuntuu että vanha saa tosin vaihtua vinhaan uuden tieltä, niin tekniikassa kuin usein sen käyttäjissäkin. Millaista mahtaa tekniikka tiloissa ja taloissa olla kun tämä somenuoriso saapuu kuntoutumaan vanhuuden rempoistaan?

Unta odotellessa ja seinänaapurin verhon takana jo reippaasti " kehrätessä", kuorsatessa, omassa maailmassaan, laitan napit korviin, valon pois ja kuuntelen hetken Tervon ajankuvaa Loirin elämän ajalta. Vain hetken. Lopuksi itselleni vielä korvatulpat, unimaski silmille, toinen tyynyt korville ja hiljaa sydämestä nouseva kiitos tästäkin päivästä jonka sain kokea. Ja kiitos 96v. veteraanikummi-tytölleni joka mahdollisti elämäni ensimmäisen kuntoutuksen. Olen taas kokemusta rikkaampi.

Saunamuisto

Arja Etola

Isäni hankki pienen järven, noin neliökilometrin kokoisen Isojärven, rannalta mökkipaikan 1960-luvun puolivälissä. Ilta-aurinkoisella tontilla oli valmiina pieni tynnyrisauna.

Tynnyrisauna on putkenmallinen sauna. Toki se on perinteinen sauna kiukaineen ja lauteineen, mutta mucdoltaan pyöreä, tynnyrimäinen. Tällainen sauna lämpiää nopeasti, koska löylyilma pääsee hyvin saunan yläosaankin ja pääsee vapaasti kiertämään tässä nurkattomassa rakennelmassa.

Eräänä keskikesän keskiviikkoiltana tulimme saunalle. Eihän tuolla tontilla ehtinyt käydä työpäivän aikana, yleensä perhe käväisi vain joskus sunnuntaisin päivällä navettatöiden välissä. Siihen aikaan sinne ei ollut vielä tietä, vaan tontille johti polku metsän poikki. Isä, naapurin Leena ja minä talsimme peräkanaa eväskorin kera rantaan.

Meille tytöille isä antoi tehtäväksi saunan lämmittämisen. Kokoilimme käpyjä ja oksia, joita tuuli oli lähipuista tiputellut. Männynkävyt olivat kuivia ja tuli syttyi iloisesti. Lämmitimme saunan varmaan liiankin kuumaksi. Emmehän me tytöt tajunneet, että tällainen pieni sauna lämpiää pesällisellä alle puolessa tunnissa kylpykuntoon. Pääsimme toki vilvoittelemaan järveen. Järvi on syvä jo rannasta. Saunan edestä oli raivattu muutama veteen kaatunut puu, joten uimaan oli hyvä mennä muutaman kiven välistä. Kun kotikylällä ei ole järveä lähettyvilläkään, niin nautimme tästä uintimahdollisuudesta pitkään. Välillä vain kävimme lisäilemässä puita kiukaan alle ja hieman lämmittelemässä – ja taas syöksyimme veteen.

Lopulta tuli käsky: Nyt on lähdettävä kotiin. Pakkasimme tavarat ja taas marssimme polkua kohti joen toisel e puolelle jätettyä autoa. Noin kilometrin päässä olevan joen yli ei vielä silloin ollut rakennettu autonkestävää siltaa.

Seuraavana aamuna kuulimme, että sau1a oli yöllä palanut. Kipinä oli kai osunut tai kuuma peltinen piippu oli hohkanut täytteisiin ja sytyttänyt ne. Viereiset puutkin olivat palaneet, ennen kuin lähikylältä jotkut olivat huomannut savua tulevan ja tulleet paloa sammuttamaan. Muutama osin hiiltynyt männynrunko on edelleen muistona tästä. Tuon tynnyrisaunan paikalle isä rakensi seuraavana vuonna hirsisen 12 neliön saunamökin, siis saunan ja pienen takkahuoneen verantoineen.

Kesäranta, tuo tontti saunoineen, on nykyisin omistuksessani. Sinne on rakennettu pieni mökki jo 25 vuotta sitten ja viime vuosina myös puutarha.

Uusi uljas maailma 2020-luku

Reetta Nurmi

Talo on vanhanmallinen maalaistalo, puinen, valkoiseksi maalattu ruskeine ikkunapuitteineen. Se seisoo loivan mäen päällä sankan kuusimetsän ympäröimänä. Ainoastaan eteläseinä avautuu laajalle peltoaukeamalle joka on täynnä matalia , pitkiä rakennuksia pienine ikkunoineen. Ympärillä on suuria sammioita ja tankkeja näennäisesti sikin sokin sijoitettuna.

Elsi astelee kohti kotiaan kantaen viikon ruokatarpeita kahdessa kassissa. Ne hän on hakenut tehtaalta tai pitäisikö sanoa tuotantolaitokselta joka käsittää koko laajan, melkein silmänkantamattomiin ulottuvan rakennusten ryppään. Niissä kasvatetaan proteiinia, josta valmistetaan ja pakataan eri nimistä murkinaa lähetettäväksi ympäri maata.

Elsi on pakolainen, vaikka hän asuukin omassa lapsuudenkodissaan. Hän on allergikko, joka on joutunut lähtemään kaupungista monien sietämättömiksi käyneiden asioiden takia. Pahin on sähköallergia, mutta ei hän siedä koneellista ilmanvaihtoa, ei ajoittaisia ilmansaasteita jotka hämärtävät auringon. Savusumu aiheuttaa hänessä astmaa, silmät vuotavat ja kaulaan nousee ihottumaa.

Ilma on leuto. Puut eivät ole vielä täysin paljaita, vaikka on joulukuun alku, 2020-luvun viimeinen kuukausi. Kun Elsi muistelee kulunutta vuosikymmentä mieleen tulvii valtavasti nopeita muutoksia sekä hänen omassa elämässään, että koko maan ja koko maailman tapahtumissa. Kaikki näyttävät olevan kytköksissä toisiinsa.

Mullistavinta hänen ja Rainerin elämässä oli se, että he muuttivat tänne Kuoppakylään. Rainer on keksijä. Aina kaiken uuden kokeilija.
Kun tiedemiehet olivat selvittäneet, että tietyt sienet voivat tuottaa proteiineja, ruvettiin 20-luvun puolenvälin paikkeilla ympäri maailmaa kasvattamaan tietyn sienisuvun Agarius comatus ja Agarius eskulatas sienen massaa. Ne saatiin suotuisissa olosuhteissa kasvamaan nopeasti ja nälkä oli voitettu.

Rainerkin halusi heti kokeilla tätä mahtavaa keksintöä ja niin hän perusti tehtaan tänne, omille mailleen. Tilattiin tankit ja sammiot joissa bioreaktion avulla syntyy liha- ja maitoproteiinia mistä tahansa vihreästä. Aiemmin oli jo maahan perustettu paljon hiiltä imeviä tiloja ja Kuoppaköläkin oli käynyt aika harvaan asutuksi. Väki muutti suurempiin asutuskeskuksiin. Fossiilisista polttoaineista ei vielä pystytty luopumaan, energia oli kallista edelleen.

Rainer on niin uppoutunut työlleen, että hän asuukin tehdaskompleksissa kuten myös Rikhard, naimaton kaksosveli joka oli tullut yhtiökumppaniksi. Elsi ei halunnut olla missään tekemisissä tuotannon kanssa. Heillä ei ollut lapsia ja välitkin olivat väljähtäneet.

Elsi haki tehtaalta eväät kerran viikossa. Robotit valmistavat ja pakkaavat kaikenlaisia herkkuja. On kotlettia ja pihviä, nakkia ja kinkkua, kanaa ja kalkkunaa, on haineväkeitosta kuuttikuutioihin ja kalakastikkeisiin. Maitotuotteita on satoja eri lajeja. Ylenpalttista.

Rainer on muuttunut, miettii Elsi. Hänestä on tullut ahne. Mikään muu ei merkitse, kuin se mistä saa edullisesti viherenergiaa. Kerran, kun sienirihmasto oli vahingossa ryöstäytynyt läheiseen kosteikkoon ja uhkasi koko ympäristön kasvustoa Rainer sai sydänkohtauksen. Ei huolehdi terveydestään pätkän vertaa. Vähältä piti ettei jo suostunut myymään koko laitosta kiinalaisille jotka vähän väliä nostavat tarjoustaan.

Todellisia uhkakuvia on ollut maailmanlaajuisesti, miettii Elsi. Pahin oli silloin kaksikymmentä luvun puolessa välissä, kun maailmankuulun japanilaisespanjalaisen Junito Avannon konsertissa Frankfurtissa joku oli levittänyt kansainvälisesti kiellettyä VX- hermomyrkkyä katsomoon. Kaikki kymmenet tuhannet ihmiset kuolivat tuskallisesti ja aine kulkeutui ympäri Keski-Eurooppaa fanien mukana. Miljoonia ihmisiä kuoli ennen kuin saatiin myrkky puhdistettua ja tuhottua vasta-aineilla. Koskaan ei saatu selville mistä se oli peräisin vaikka se oli samaa ainetta, kaksoiskemikaalia, millä aikoinaan tapettiin Pohjois-Korean Kim Jong Nam, Kim Jong Unin velipuoli. Ympäri maailmaa mielenosoituksissa vaadittiin kaikkia myrkyn hallussapitovaltioita tuhoamaan se ja sopimukset allekirjoitettiinkin mutta voiko niihin luottaa.

Väkiluvun nousu on notkahtanut islantilaisen Harmallajöllenin tulivuoren purkauksen ja Jakutian ja Indonesian suurten purkausten takia. Muistaakseni myös Etna purkautui rajusti, tuhka satoi enimmäkseen Afrikan rannikolle.

Hyvin on mennyt 2020-luku. Olemme välttäneet niin uhkaavan maapallon lämpenemisen ja vesien nousun, vaikka jäätiköitä onkin sulanut. Talvet ovat normalisoitumassa ainakin täällä pohjoisella pallonpuoliskolla. Kesät ovat pitkiä.

Jo kuuluu pihalta kanojen kotkotus, kun ne ilmoittavat munineensa. Elsi on halunnut kasvattaa kanoja, koska koiraa ja kissaa hän ei voi pitää. Astuttuaan taloon sisälle hän riisuu heti pitkävartiset, kiiltävät saappaansa. Niitä on aina pidettävä ulkona punkkivaaran takia. Pari vuotta sitten löydettiin metsästä kuollut hirvenvasa ja kun sen kuolinsyytä tutkittiin, huomattiin siinä olevan kymmeniätuhansia punkkeja. Kanat suorastaan ahmivat niitä ja elävät niistä. Yhden hyöty on toisen tappio. Villieläimet ovat käyneet harvinaisiksi, tuotantoeläimiä ei enää tarvita, paljon on sukupuuton partaalla.

Kun kuukauden päästä siirrytään uudelle vuosikymmenelle on2020-lukua kokonaisuudessaan tarkasteltuna todettava, että ihmisen henkinen kehitys on ottanut pitkän harppauksen eteenpäin. Sotia ei enää käydä pistimin ja tuliasein. Nälkä ei niitä ihmisryhmiä, vaikkakin kyberhyökkäykset kuuluvat arkipäivään aina jossain.

Avaruuden tutkimus on saanut uuden ulottuvuuden, kun miehitettyjä (ehkä pitäisi sanoa ihmistettyjä) tutkimuskapseleita lähettelee monet valtiot ja yhteistyötä tehdään muiden kanssa. Ehkä kohta on tavallisen ihmisenkin mahdollista päästä tutustumaan Marsiin ja vaikka kuinka kauas. Minä ainakin lähtisin heti.

Uljas on maailma ja aina uusi. Se ei kaipaa ihmistä mutta ihmiselle se on välttämätön. Toivon, ettei viha ja kateus lennätä meitä kokonaan Avaruuteen. 2020-luku on ollut ensimmäinen vuosikymmen, kun se on ollut mahdollista.

Kärpäsenä katossa

Timo Lukkarinen

Minä synnyin Salpausselän harjulla. Oikeastaan on ehkä väärin sanoa, että synnyin koska meikäläiset eivät synny samalla tavalla kuin vaikkapa kaniinit tai ihmiset. Tarkkaan ottaen äitini, tai siis se naaras muni minut koirankakkaan, jonka irrallaan juossut vanha labradorin noutaja tipautti pienen matkan päähän Harjulan päiväkodin seinästä. Siinä minä aikanaan kuoriuduin toukaksi. Vieressä sattui olemaan kesäauringossa hieman pehmennyt harakan raato, jota aloin nauttia ravinnokseni toukkana ollessani. Oli meitä muitakin samalla apajalla. Jotkut olivat oikeita raatokärpäsen toukkia. Minä vähän pelkäsin niitä kun ne olivat niin kiukkuisia ja ahneita. Silloin hieman ennen koteloitumistani uskoin olevani aivan tavallinen huonekärpäsen toukka.

Kun murtauduin ulos kotelostani, oli elokuu jo lopuillaan. Aurinko paistoi ja oikoilin jäseniäni myöhäiskesän lämpimässä. Oivalsin vähitellen, että kun selkääni kasvaneet siivet olivat riittävästi kuivuneet, ne nostivat minut ilmaan ja osasin lentää. Se oli huikea kokemus. Pörräsin harjun pusikoissa koko päivän kunnes olin aivan uupunut ja nälkä heikotti karvaisia jalkojani. Sujahdin päiväkodin avoimesta ikkunasta sisälle ja keksin pöydälle jääneet ruoan tähteet. Mässäilin aikani perunamuusilla ja olin juuri siirtymässä jälkiruokaan kun kävi valtava humaus ja pelästyin kuollakseni. Sisään tullut täti mutisi kiukkuisena sanomalehti kädessään, että kesällä noita kärpäsiä sikiää kaikkialle. Sotkevat paikkoja ja levittävät tauteja.

Opin vähitellen pitämään varani ihmisten kanssa. Minua huidottiin kädellä ja yritettiin lätkäistä kokoon taitetulla sanomalehdellä. Vähän väliä oli henkikulta vaarassa. Piti olla koko ajan liikkeellä. Jos istahdin pöydälle tai ikkunaruudulle edes pieneksi hetkeksi, oli varauduttava ponkaisemaan pakoon salamannopeasti lähestyvän kärpäslätkän tieltä. Ihmiset eivät pitäneet minusta. Mutta kerran joku selitti toiselle, että olisinpa todella halunnut olla kärpäsenä katossa ja kuulla sen keskustelun. Huomasin, että nämä kärpäsen jalat ovatkin oikein kätevät. Voi kävellä pitkin seiniä tai vaikka katossa pää alaspäin ja tarkkailla tilannetta. Kuuloaistini on tosin vähän kehnonlainen, mutta tiukalla harjoittelulla opin ymmärtämään ihmisten puheita. Niissä on jotain todella kiehtovaa.

Lasten puheista en oikein saanut selvää kun ne kimittivät ja kiljuivat kaikki yhtä aikaa ja meteli kohosi joskus sietämättömäksi. Minä odotin aina iltapäivää ja sitä lepohetkeä kun pikkuiset menivät päiväunille. Silloin kukin aikuinen vuorollaan luki lapsille jonkin kertomuksen. Minä hakeuduin kerrossängyn ylävuoteen korkeudelle seinään sopivan hämärään paikkaan niin, että pysyin huomaamattomana. Kertomusten tarkoitus oli kai rauhoittaa lapset nukkumaan ja usein siinä onnistuttiinkin, mutta minä en koskaan nukahtanut. Olisin jaksanut kuunnella loputtomiin Andersenin satuja, Grimmin veljesten klassikoita ja Aisopoksen faabeleita.

Eräänä tuulisena päivänä minulle kävi onnettomasti. En oikein ymmärrä mikä minut sai lentämään ulos semmoiseen tuiverrukseen. Tuuli tempaisi minut korkealle ilmaan. Vaikka kuinka yritin pyristellä kohti turvallista päiväkotia, painoi puuska minut päin ison tiilirakennuksen seinää. Huokoisesta tiilestä ei oikein saanut pitävää otetta ja ryömin lähemmäksi valkoista reunusta, jota luulin ikkunanpuitteeksi. Kun vihdoin pääsin reunukselle, imaisi valtava ilmavirta minut sisään kohisevaan tunneliin. Minä onneton olin harhautunut jylisevään ja pauhaavaan koneeseen, joka imi ulkoseinän aukosta korvausilmaa ilmastointikanavaan.

Makasin aikani tajuttomana tunnelin pohjalla ja heräsin siihen kun kiroileva huoltomies väänsi juuttuneita ruuveja auki ja manasi: "Näitä saamarin suodattimia ei ole vaihdettu varmaan kymmeneen vuoteen ja sen kyllä huomaa. Aina säästetään väärässä paikassa. Jos ei näitä nuohota säännöllisesti, niin takuulla tulee sisäilmaongelmia. Suodatin on musta kuin Afrikan yö ja sisääntuloputki täynnä kärpäsen raatoja." Minä en ollut kuitenkaan kuollut vaan kömmin huomaamatta ulos tunnelista kun ukko vaihtoi liasta mustan suodattimen uuteen puhtaan valkoiseen.

Jäin henkiin, mutta elämä ullakolla ei ollut hääviä. En kuullut enää tarinoita enkä löytänyt mistään syötävää. Ullakko oli pimeä ja pölyinen eikä kovin lämmin, vaikka syksy oli vasta alkamassa. Oli yksinäistä ja tylsää, kaipasin seurakseni ihmisiä tai edes hmisten ääniä, vain ilmastointikone kohisi. Aloin vähitellen muuttua ullakkokärpäseksi. Ne selviävät ilman ruokaa syksystä kevääseen eivätkä hyönteistutkijatkaan oikein tarkkaan tiedä mitä ne ullakolla tekevät vai tekevätkö yhtään mitään. En ollut enää erityisen aktiivinen. Lentelin hieman ja tutkin paikkoja. Enimmäkseen istuin oven yläpuolella olevan vihreän valon päällä ja murehdin kohtaloani. Mietin synkkänä, että tässäkö tämä nyt oli koko elämä. Keväällä minusta on jäljellä vain tyhjä kitiinikuori, joka murenee ensimmäisten sisään tulevien askelten alla tomuksi.

Siinä syvimmän itsesäälin hetkellä ullakon ovi avautui ja joku napsautti valot päälle. Säikähdin ja häikäistyin ensin, mutta ryntäsin sitten ulos ennen kuin ovi ehti sulkeutua. Kuulin mennessäni kuinka sisään tullut alkoi selittää toiselle, että täältä on tyhjennettävä kaikki tämä irtain tavara pois. Ullakolla ei saa olla mitään, mikä palon sattuessa haittaa palokunnan työtä. Lensin portaikkoon ja auki jääneestä ovesta käytävään, joka toi jotenkin mieleeni sen päiväkodin, mutta ei siellä lapsia näkynyt. Pienessä taukotilassa, oli puoliksi syöty Berliinin munkki ja pääsin taas tunkemaan imukärsäni vadelmahilloon ja maistelemaan miten makeaa kärpäsen elämä voi olla.

Kerran istuin yhden huoneen seinällä olevan kellon päällä puolinukuksissa. Varmuuden vuoksi valitsin aina istumapaikkani riittävän ylhäältä, ettei minua yletyttäisi huitomaan millään pidemmälläkään esineellä. Tässä paikassa en ollut aikaisemmin tavannut mitään kovin mielenkiintoista ja narisevat tuolit häiritsivät joskus päivänokosiani. Kuuntelin hieman pitkästyneenä kun se lähinnä kelloa istuva ihminen kysyi: "Kukas haluaisi aloittaa?" Havahduin horteestani, kun yksi piirissä istuvista alkoi kertoa jostain Irjasta. Sitten ne keskustelivat siitä tarinasta ja seuraavakin kertoi Irjasta ja sitä seuraava ja kaikki sen jälkeen. Minä olin haltioissani. Kuulin monta erilaista, mielenkiintoista, hauskaa tarinaa. Mietin pääni puhki kuka oli Irja. Hannun ja Kertun minä tunsin ja Tuhkimon ja prinsessa Ruususen ja jänikset ja kilpikonnat, mutta kuka on Irja?

Kun olin ollut kellon päällä kuuntelemassa useampia kertoja, ymmärsin, että ne ihmiset kertoivat keksimiään tarinoita toisilleen. Irjasta puhuttiin kyllä myöhemminkin, mutta minä aloin odottaa aina uusia kertomuksia. Voi että minä nautin niistä jutuista. Kerran innostuin niin, että halusin kertoa oman tarinani. Kun kuulin sanottavan, että pidetään nyt tauko, minä kiljuin kellon päältä, että odottakaa, minä kerron vielä yhden. Ryntäsin lentoon ja pörräsin ympäri huonetta ja huusin, että minä olen se, joka tykkää saduista, se, joka selvisi hengissä tuulenpuuskasta ja kulki läpi ilmastointilaitteen meinasi tulla hulluksi ullakon yksinäisyydessä. Nyt minä olen täällä, mitäs sanotte? Mutta ne kävelivät vain ulos ja joku mennessään totesi, että taitaa olla kevät tulossa kun kärpänenkin on herännyt pörisemään.

Olin suunnattoman pettynyt. Minun oli vaikea hyväksyä, että ihmiset eivät ymmärrä kärpäsen kieltä, mutta vähitellen olen sopeutunut ulkopuolisen osaani. Joskus en malta pysyä turvassa kellon päällä vaan kävelen hissukseen keskelle kattoa ja katselen ihmisten ilmeitä kun he kuuntelevat toistensa lukemista. Ette usko miten hauskaa on kun voi verkkosilmillään samanaikaisesti nähdä kaikkien kuulijoiden ilmeet; keskittyneet, mietteliäät, huvittuneet, kiinnostuneet. Täällä minä istun katossa ja odotan, että minäkin saisin ääneni kuuluviin, että joku kertoisi tarinan kärpäsestä.

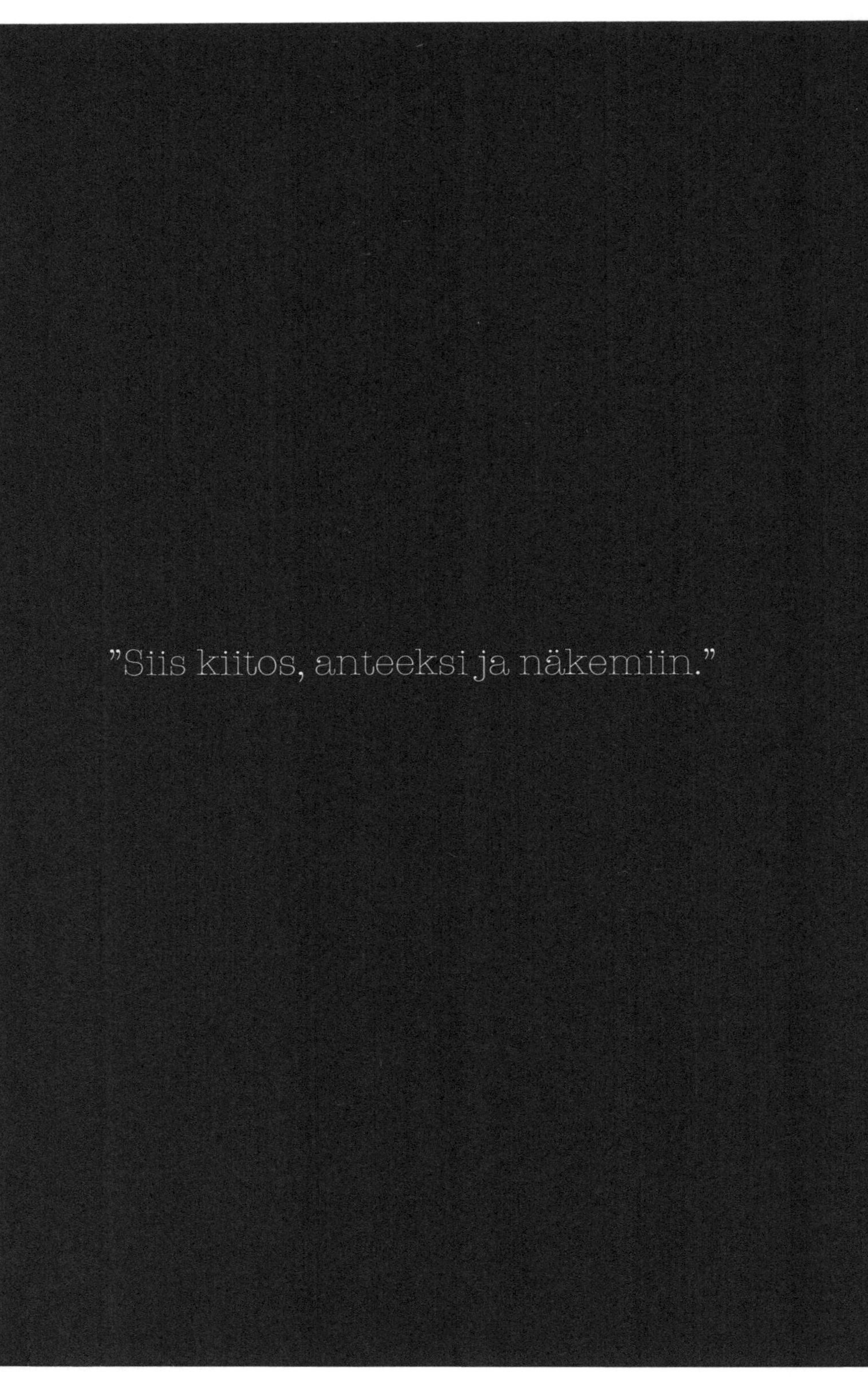
”Siis kiitos, anteeksi ja näkemiin.”